LE SECRET DE KALOUKAÉRA

Magali LANDZY

Autoédition

Je remercie mes filles Sibylle et Windia, mes amies Corine et Michaelle, ainsi que toutes les personnes ayant contribué de près ou de loin à l'écriture de ce roman.

Tables des matières

Prologue

Mer des caraïbes - Île de Kaloukaéra, en l'an 16...

La pleine lune irradiait le Trou de Kouchoumba. Les falaises acérées abritaient la crique fouettée par des vagues déchaînées. La lueur des torches de bambou plantées dans le sol faisait vaciller l'ombre des cinquante-sept silhouettes.

Elles encerclaient un rocher gravé de pétroglyphes, surmonté d'une plate-forme où trônait une large calebasse remplie d'un liquide blanchâtre. À proximité étaient hissés sur le rivage, des kanawas[1] d'une dizaine de mètres, trois tambours, des conques de lambis[2] et des chachas[3].

Deux tréteaux faits de branches supportaient un manche sculpté.

---

[1]Kanawa : embarcation amérindienne
[2]Conque de lambi : gros coquillage abritant un mollusque : le lambi. Vide, il sert encore de nos jours d'instrument à vent
[3]Chacha : Calebasse transformée en instrument de musique rappelant le son des maracas.

Le chaman caraïbe, chef de sa tribu et le sorcier bamiléké[1] déporté forcé avec ses convives, sur cette île inconnue de lui auparavant, se rapprochèrent de la pierre et s'abreuvèrent en se servant d'une petite coupelle.

Une femme aux longs cheveux d'ébène, à demi nue, les rejoignit, récupéra le récipient, avala une gorgée du breuvage laiteux et le fit boire à chaque membre du cercle. D'un signe de la tête le trio indiqua aux musiciens de jouer. En symbiose, ils récitèrent une litanie d'incantations :

— *Akiléba, Akénani, Abokitou... !*

Relayés par l'assemblée, qui effectua une danse synchronisée. À une cadence proportionnelle au rythme des percussions qui s'amplifiaient, les pieds frappaient de plus en plus fort le sol sableux.

Le jour baigné d'un soleil implacable succéda à la nuit. Sans discontinuer, le groupe sautait, chantait et jouait. Alors, le souverain amérindien détacha un poignard du garrot lui étranglant la cuisse et entailla le torse des hommes dépourvus d'instrument. Il remit le couteau à son homologue qui scarifia à son tour les omoplates féminines. Les fines blessures causées par les mains savantes répandirent à peine leur sang.

Le troisième jour, la transe fut totale, les regards vitreux n'avaient plus de pupilles, les corps

---

[1]Bamiléké : Ethnie originaire du Cameroun.

incontrôlables tournaient autour du roc, les plaies s'étaient transmuées en œuvres d'art. Soudain, les maîtres de cérémonie, globes révulsés, tendant les bras vers le bâton, hurlèrent :

— *Kaléwa, Akénani ! Kialéwa, Akénani !*

Des faisceaux lumineux émanant des participants, convergèrent vers le sceptre qui se dressa flottant dans les airs. Il s'en dégagea un éclair incandescent fusant au-dessus d'eux.

Aussitôt, le décor et les êtres s'évaporèrent du Trou de Kouchoumba, comme s'il avait été la scène d'un célèbre illusionniste.

PREMIERE PARTIE

1

L'autre marche

Kaloukaéra de nos jours,
un premier janvier

Éreintés, repus, les poches remplies de pépins de mandarine[1] à la place des euros, les habitants de l'île, sortant tout juste du réveillon de fin d'année retenaient leur souffle. Ils guettaient le dimanche de l'Épiphanie, coup d'envoi de la prochaine liesse : le carnaval.

Rimant avec fête, culture et tradition, il était une véritable institution.

Des milliers de mains s'affairaient avec frénésie, finalisant les somptueux costumes qu'elles avaient mis tant de mois à confectionner.

Julia faisait partie du groupe caisse claire[2] Eden Bleu, fin prêt pour la parade.

---

[1] <u>Croyance de l'île</u> : au 1er janvier les pépins d'agrumes sont censés attirer la prospérité pour l'année à venir.
[2] <u>Caisses claires</u> : Groupes de carnaval utilisant comme instruments, des petites batteries et des cuivres.

Tous les ans, elle comptait les jours qui la séparaient de ce moment où elle s'octroyait le privilège de s'exhiber en petite tenue flamboyante et affriolante.

Jusqu'à cette saison où son entrain habituel lui fit faux bond. Elle brilla par son absence aux préparatoires des festivités — réalisation des tenues, chorégraphies, coordination — se culpabilisant sans réussir à lutter contre sa désaffection. Elle en arriva à se réjouir de ne posséder qu'un exemplaire de la dernière collection de costumes, excuse salutaire l'affranchissant de quelques défilés. Elle se fit violence pour participer à sa première marche de la période, souhaitant faire plaisir à sa meilleure amie Émilie, aussi adhérente d'Eden Bleu.

Tout en plumes, son costume rendait hommage à deux espèces de perroquets disparus de Kaloukaéra depuis près d'un siècle. Il arborait les couleurs éclatantes des volatiles : rouge, jaune, azur, violet. Sa beauté et son message honorable ne suffirent pas à stimuler la jeune femme, qui n'eut qu'une hâte, que ça s'arrête !

De retour au local d'Eden Bleu, c'est avec une rage contenue qu'elle l'ôta. Elle s'en voulut d'avoir montré sa création avec si peu d'enthousiasme. Elle s'éclipsa après s'être adressée à Émilie.

— Je rentre, je ne suis pas dans mon assiette.

— Déjà ! Bon, je l'ai constaté, c'est la première fois que je te vois t'emmêler autant les pieds.

Qu'est-ce qui te tracasse ?

— Bof, je n'en sais trop rien, on en parlera une autre fois.

Sans attendre, elle fila vers sa voiture. Elle n'osa avouer à son amie que le brouhaha régnant dans les murs d'Eden Bleu l'insupportait.

Elle balança ses sacs, prit une douche, exfoliant paillettes et maquillage.

Installée devant un plateau-repas, le regard fixé sur son écran télévision, Julia cogitait. Son humeur enjouée cédait la place à la déprime et à l'irritabilité. La cause de son mal-être ? Elle en avait une idée. La dépression se profilant à l'horizon, il était temps de s'y pencher, lui martelait une partie de son cerveau pendant que la seconde lui soufflait :

Non, je n'ai pas envie de soulever le couvercle qui cache ma différence.

Non, je ne veux pas voir, ni sentir, ni entendre ce qui est pourtant là à se manifester, à faire sa vie, sans me demander la permission.

Oui, elle était dissemblable. À son insu le moral en prenait-il un coup ? Elle ne s'en était jamais formalisée jusqu'à ... maintenant.

Déjà à l'école primaire, pendant que ses camarades jouaient à un, deux, trois, soleil, elle passait ses récréations à observer les arbres, les arbustes, les fleurs.

Un don inné la dirigeait vers la flore médicinale, la cour en regorgeait. Le directeur avait convoqué ses parents. Son amour des végétaux empiétait sur les activités imposées par l'établissement.

Ce n'était pas son unique particularité. Vers l'âge de dix ans, de faibles décharges indolores la traversaient. Elle en parla à sa famille, qui, la voyant bien portante, en conclut qu'elle avait une imagination débordante.

Elle comprit que ce phénomène bien réel fonctionnait comme un signal. Il précédait une visite imprévue, une dispute, un appel téléphonique...

Comme si ce n'était pas suffisant, elle se mit à deviner les pensées de ses interlocuteurs. De peur qu'elle ne pénètre les tréfonds de leur intimité, ils s'en méfiaient. À la longue, pour avoir une vie sociale à peu près correcte, Julia fit mine d'être « normale » et se taire devint une seconde nature.

Adulte célibataire, elle détonnait parmi ses connaissances, même sa meilleure amie Émilie, qui se conformaient au modèle type : enfants, concubin, copain, mariage.

Elle habitait un petit pavillon familial à cinq cents mètres de la demeure parentale, et gérait la laverie automatique de sa tante. Cette solitude lui pesait parfois, jamais au point d'en faire une maladie. N'en déplaise aux proches qui la qualifiaient de vieille fille, elle aimait au contraire disposer de cette liberté. À chaque repas dominical depuis ses trente ans, on lui rappelait qu'il devenait impératif qu'elle se trouve un partenaire.

Ils se demandaient pourquoi une jolie jeune femme, avec une bonne situation, ainsi que tous les critères de beauté de Kaloukaéra — taille moyenne, formes généreuses, une prestance — n'avait ni conjoint ni descendant. Ce n'était pas faute d'avoir essayé. Trois tentatives soldées par des échecs.

Ces messieurs fuirent sa capacité à déceler avec une facilité déconcertante, leurs travers.

Sans regret d'ailleurs, aucun n'avait été digne de ce qu'elle exigeait. Échaudée, elle décida de faire une longue pause sentimentale. Eden Bleu, lui permit de se dépenser et de combler le vide.

Cette rétrospective lui fit mettre le doigt sur ce qui la minait. La décharge corporelle qu'elle nomma «la vibration» augmentait en intensité et en fréquence, jusqu'à la douleur parfois. Après s'en être accommodée pendant plusieurs années, cette évolution la désorientait, l'affolait.

Une aide ne serait pas de trop, mais vers qui pouvait-elle se tourner ? Son pays, cet univers de superstitions, où elle passerait pour une damnée ? Ce qui lui fit choisir l'anonymat confortable d'Internet.

Elle communiqua avec d'autres qui relataient des faits similaires, mais chacun y allait de sa supposée science infuse.

En définitive, participer à toutes ces discussions ne lui procura aucun apaisement.

Elle assistait, impuissante, au phénomène s'accroissant.

Sa présomption sur l'origine de ce qu'elle vivait raviva un souvenir.

Vers l'âge de neuf ans, elle se rendit avec ses parents au chevet de son arrière-grand-mère maternelle, Adeline. Les personnes présentes ne semblaient pas attristées, attendant, sereines, l'inéluctable. A cent huit ans, la vieille dame avait bien vécu.

Un parfum capiteux imprégnait l'habitation.

— Maman, l'odeur est forte, qu'est-ce c'est ?
Demanda Julia à sa mère, quoiqu'ayant reconnu certaines fragrances.

— Grand-maman Adeline purifie sa maison avec des feuillages. Ses enfants ont suivi ses instructions et le font tant qu'elle est vivante.

Julia curieuse et persuadée que la vie avait déjà quitté l'alitée, la contempla, allongée dans des draps imprimés de fleurs d'hibiscus. Voir la mort était pour elle inédit. Soudain la petite fille sursauta, les paupières de la forme immobile s'entrouvrirent. Deux battements de cils et un mouvement de l'index lui firent signe d'approcher, l'enfant hésita puis fut doucement poussée par sa mère, on n'offensait pas une mourante.

— Juju avance voyons, n'aie pas peur.
L'aïeule leva péniblement une main et la posa sur son bras. Des chatouillis la parcoururent suivis d'un murmure.

« *Tu es comme moi, c'est notre secret, plus tard...tu comprendras.* ».

La fillette l'observa, interloquée, ses lèvres n'avaient pas bougé, elle en était sûre. D'où provenait la voix ? Sur cette phrase, un sourire béat, grand-maman Adeline, rendit son dernier soupir.

D'instinct, Julia sut que jamais ces mots, qu'elle avait cru entendre, ne devraient être divulgués.

Ensuite, survinrent cette étrangeté et une prédisposition à la télépathie tout aussi déroutante.

Se contenter de vivre avec l'innommable atteignait ses limites, il lui fallait un spécialiste en paranormal, si tant est qu'il existe. La jeune femme en oublia son repas devenu froid.

Jugeant utile de prendre du recul, elle informa Émilie de son retrait provisoire d'Eden Bleu.

— Lâcheuse ! Je ne peux pas te forcer à rester. J'ai remarqué tes absences aux ateliers. Tu me diras, moi aussi, avec Coralie et ses otites à répétition. Du coup, je n'ai pas mon compte de tenues. J'avoue que ne pas avoir la panoplie m'arrange, sans toi ça ne sera pas pareil.

Notre démissionnaire annonça sa décision par téléphone.

Elle préféra éviter le clan des commères, qui n'allait pas se priver de lui casser du sucre sur le dos. Quitter la troupe en cette période était mal vu.

Difficile d'échapper à la folie ambiante.

Nos carnavalières toujours à arpenter les rues, avaient rarement eu l'occasion d'être de simples observatrices. Elles se rattrapèrent le week-end d'après, puisque toutes les deux n'étaient pas équipées pour déambuler avec Eden Bleu.

Mois de janvier, deuxième samedi

Les deux jeunes femmes se rendirent à une des grandes parades nocturnes. Des lignes interminables de spectateurs attendant leur récompense, longeaient le boulevard principal de la capitale économique de l'île. Elles se faufilèrent vers les premières loges, au bord de la chaussée.

Aux environs de dix-neuf heures, le son des grosses basses et des cuivres de la première formation se fit entendre. Les déguisements les plus fous affichaient le formidable esprit créatif de Kaloukaéra.

Le public en prenait plein la vue, ébloui par les parures chatoyantes. Chaque groupe s'arrêtait, le temps aux danseuses de réaliser la prouesse très risquée de se déhancher sur des talons producteurs d'entorses.

Des chars démesurés présentaient leur reine. Après le dernier passage, la foule était toujours rivée sur les accotements, qu'attendait-elle ?

Sur le qui-vive, elle épiait le moindre signe de

ce qui donnait à ce petit bout de terre perdu dans l'océan, un cachet incomparable.

«L'autre carnaval». Celui des groupes à Po[1], les rois de l'esprit Mas[2] où le mystique se mêlait aux traditions. Ils fascinaient, dérangeaient, repoussaient, remuaient ce qui n'aimait pas être remué.

Ils s'illustraient aussi bien dans le choix des costumes que par la musique. Leurs déplacements n'étaient pas des défilés, mais des « déboulés ». Des rituels, incorporant l'utilisation de résine d'encens additionnée de divers feuillages, dont ils avaient le secret, accentuaient une différence et un mystère entretenus avec habileté.

Au bout d'une heure, se mirent à résonner au loin, des claquements et le grondement des tambours. Flagellant la chaussée, les fouettards, précédant les cohortes de plusieurs mètres, tenaient le public à distance. Elles se succédaient, au pas quasi militaire, rythmé par la musique et les chants. L'encenseur baignait l'assemblée de senteurs entêtantes.

Des accoutrements aussi insolites les uns que les autres s'exhibaient : des tuniques en feuilles séchées, des coiffes en corne de bœuf, les chairs

---

[1]Groupes à po = groupe à peau. Désigne les groupes de carnaval utilisant des tambours, dont les deux faces sont fabriquées avec de la peau de chèvre (cabri aux Antilles).
[2]Mas : Signifie « masque » en créole, se prononce « masse ».

badigeonnées d'huile de roucou[1] ou de terre, des visages rendus méconnaissables par des maquillages ethniques élaborés.

Plus les minutes avançaient, plus les sens de Julia s'échauffaient.

Des milliers de picotements lui parcoururent l'échine, remontant vers le sommet de son crâne. Quand la troupe Mas-A-Pèp arriva à sa hauteur, en tirant sa complice, elle s'engouffra avec d'autres, dans son sillage.

Sur le parcours, un fluide indescriptible se répandait le long des veines de la jeune femme qui ne sentait plus le poids de ses os. Ses pieds glissaient sur le macadam. Lorsque le cortège parvint à son terminus, la place centrale de la ville, la foule galvanisée, se mêla au Mas.
Nos suiveuses se contorsionnaient, criaient, frôlaient les peaux luisantes et dénudées.

Tout à coup, Julia eut la sensation de léviter à travers un brouillard. Elle chancela, quand une poigne l'extirpa d'une masse surchauffée.

— Bon sang Juju ! Qu'est-ce qui t'arrive ? Tu veux être écrasée ! Oh ! Je te parle, tu m'entends ?

Muette, le regard vide, Julia n'avait rien de rassurant. Son amie très inquiète lui donna l'eau de sa petite bouteille et humecta son front.

---

[1]Roucou : huile rouge obtenue à partir des graines de roucou dont l'arbre est présent dans les caraïbes, l'Amérique latine et l'Afrique.

Jamais après des années de défilés, elle ne l'avait vue dans cet état. Elle l'emmena vers un banc que celle-ci atteignit en titubant.

— Ma tête tourne. Pourquoi...je suis assise là ?

— Tu ne te souviens de rien ? J'ai dû t'écarter vite fait de la foule, tu perdais connaissance, lui cria sa copine, abasourdie.

— Arrête de hurler ! J'ai une migraine. Je me rappelle que je me défoulais et...je ne sais plus. J'ai un trou.

— Rentrons ! Je vais prendre le volant, tu me déposeras demain matin, il n'est pas question que tu conduises et je reste chez toi ce soir.

Émilie soutint Julia, qui trébuchait dès qu'elle la lâchait.

Parcourir les quinze mètres séparant la voiture de son divan fut tout aussi périlleux. Désemparée, elle la contempla allongée puis fonça à la cuisine, saisit le bocal comportant un mélange d'herbes énergisantes et prépara une tisane. Elle souleva la tête de sa camarade :

— Bois moi ça, c'est ta super mixture !

Le résultat ne se fit pas attendre, la jeune femme redressa le buste.

— Ouf ! Mon dieu Juju ! Tu peux dire merci à ton infusion. Est-ce que tu as faim ? As-tu mal quelque part ?

— Non ça va ! Prends-moi les bananes dans la corbeille s'il te plaît, bredouilla-t-elle.

Collation et remède réunis lui permirent de se faire une brève toilette et d'enfiler son combishort. Écrasées, les deux femmes tombèrent de sommeil.

Au levé, Émilie fut la première à évoquer le sujet :

— Je ne te cache pas qu'hier, j'étais à deux doigts d'appeler le SAMU.

— J'ai eu une faiblesse, due à quoi, je ne sais pas. J'irai voir mon médecin, répondit Julia évasive. Se gardant de dire à sa meilleure amie qui avait tendance à tout dramatiser, qu'elle s'était vue décoller du sol.

Déjà contrariée par l'évolution de « ses vibrations 65», qu'Émilie ignorait, elle espérait que ce n'était pas une nouvelle bizarrerie.

Le dimanche, chez ses parents, elle évita de mentionner l'incident. Les alarmer était inutile.

Lundi, reprise de ce travail routinier qu'elle n'avait jamais autant aimé que ce jour-là, il l'apaisait.

La semaine s'achevait lorsque pendant qu'elle vérifiait le fonctionnement d'une des machines, cinq clients s'engouffrèrent dans la salle, plusieurs cabas à bout de bras, remplis de linges.

Volubiles, bruyants, impossible de ne pas entendre leur conversation. Ils parlaient de costume, de maquillage, de tambour.

L'un d'eux se dirigea vers elle :

— Bonjour, vous avez une machine qui lave à sec ? Certaines de nos tenues ne supportent pas l'eau.

— Oui, il y en a une, mais tous les vêtements ornés de graines, de coquillages et tout ce qui comporte ce genre d'objets ne peut pas être lavé ici, ils peuvent se décrocher et détraquer le matériel.

Elle constata en voyant le logo sur des tee-shirts, qu'ils appartenaient au groupe à Po, Kéoulaka. Et c'est là qu'elle repéra une ancienne connaissance.

— Catherine, c'est toi ? Mais oui c'est bien toi !

— Julia! *Ki jan a-w?* (Comment ça va ?) Ça fait un bail ! Qu'est-ce que tu deviens ?

— Je tiens ce lavomatique qui est à ma tante. J'ai aperçu un nom sur les habits, c'est ton groupe ?

— Oui, depuis trois ans.

— Moi, je suis à Eden Bleu. Mais, je fais un break.

— Si tu as besoin de changement, viens faire un tour avec nous, ça ne t'engage à rien. Les gens vont, viennent.

Julia repensant aux dernières quarante-huit heures préféra décliner l'offre :

— Hum, pas très en forme ces jours-ci. L'an prochain peut-être. On a qu'à échanger nos coordonnées.

— Ok, contente de t'avoir revue.

Après le départ de Catherine, Julia s'isola dans

le box vitré lui servant de bureau. Elle mettait à jour sa comptabilité lorsqu'elle suspendit sa frappe sur le clavier de l'ordinateur, fixant ses mains l'air perplexe. Une lenteur anormale ralentissait tous ses mouvements, elle voyait bien sans pouvoir la définir, qu'une mutation s'opérait.

Ne sachant pas à quel saint se vouer et détestant pourtant tout ce qui touchait au médical, elle se résolut à consulter. À part une tension un peu basse, les examens ne révélèrent aucune anomalie.

Mois de janvier,
troisième dimanche

Abrutie par les retransmissions des parades carnavalesques, Julia arrêta de pianoter sur la télécommande, attirée par la diffusion d'un déboulé nocturne de groupes à Po. Après tout, sur sa banquette, elle ne risquait rien.

Au fil des images, la jeune femme esquissa des pas lascifs qu'interrompit une page publicitaire.

Elle admit que cette musique, depuis son étrange sortie, exerçait sur elle, un pouvoir indéfinissable, au-delà du simple plaisir auditif ou corporel.

L'après-midi, elle invita Émilie et sa fille. Sur la terrasse, elles savouraient des gâteries, quand une musique bien connue sonna. Un groupe Mas déboulait dans le quartier. Curieuses, elles se renseignèrent auprès du public. Il venait d'être créé par les habitants de la commune.

— Et si on les suivait ? dit Julia à son amie l'œil brillant. Regarde, il y a des enfants de l'âge de Coralie !

— Pas question ! Ce n'était pas suffisant notre expérience de l'autre fois ? Je commence à croire aux rumeurs. Ils pratiquent des rituels, appellent les esprits et d'autres choses que je n'ose dire. Je préfère regarder et puis moi tu sais le Mas ce n'est pas mon truc et je ne vais pas prendre le risque d'y emmener ma fille. Désolé ma chérie, je choisis les paillettes d'Eden.

— Tu exagères, j'ai eu des vertiges voilà tout J'aurais pu avoir aussi un malaise avec notre groupe.

Aucun argument ne fit plier Émilie. Julia dut se résigner, pas assez téméraire pour y aller sans être accompagnée.

Sa nuit fut peuplée de flashs dignes d'un court-métrage en accéléré. Elle déambulait au milieu d'un groupe, se vit avec son aïeule sur une plage où brûlaient des torches artisanales... Réveillée par une très forte vibration, elle bondit de son lit puis regarda autour d'elle à l'affût du moindre élément intrusif.

C'était le calme plat. Sur sa peau, subsista une onde lui hérissant les poils. L'aube pointait le bout de son nez, annonçant le début d'une nouvelle semaine dont elle redoutait le déroulement.

Mois de janvier,
quatrième semaine

Au fil des jours, un désir et la honte de l'éprouver l'obsédaient. Oui, se replonger dans le Mas. Revivre ce fameux soir où au-delà de la crainte, elle goûta à des sensations enivrantes — un corps aérien, l'euphorie, la plénitude, se sentir investie d'une énergie particulière.

Oui, proscrire aussi les confidences, y compris à sa meilleure amie, sur ce qui, autour d'elle, serait qualifié de dépravation. Seulement, la tentation trop forte ramena la proposition de Catherine, rencontrée au lavomatique, à son bon souvenir.

Elle y vit l'opportunité d'assouvir son envie et la convia à un casse-croûte le midi. Elles avaient juste une heure.

Julia aborda aussitôt le sujet qui l'intéressait :

— J'ai repensé à ton invitation, mais je veux en savoir un peu plus sur toi et Kéoulaka, si ça ne te dérange pas.

— Non, je t'écoute.

— Tu y es rentrée par l'intermédiaire de quelqu'un ou de ta propre initiative ?

— Disons que mon cousin, musicien, y était avant moi. J'ai assisté à leurs répétitions, puis déboulé deux fois avant de me décider. Pas facile surtout au début. Ma famille très croyante les déteste et dit que ces groupes-là égal débauche et sorcellerie. Nous sommes les rebelles du clan familial.

Je m'en fiche, ils peuvent toujours parler.

— Tu as été attirée par le son ou les costumes ?

— D'abord la musique...j'aime l'entendre, elle me porte. Enfin, tu vois ! J'ai du mal à l'expliquer. Ensuite viennent les tenues, j'ai plaisir à les fabriquer avec des matériaux de récupération, des graines naturelles... au fait tes questions, c'est que tu veux peut-être faire une virée avec Kéoulaka, n'est-ce pas ?

— Samedi dernier, j'ai suivi Mas-A-Pèp, c'était grisant.

La jeune femme s'abstint de relater son singulier épisode.

— Marche avec nous ne serait-ce qu'une fois et tu verras bien, en plus, je suis là. Ne laisse pas la saison se terminer sans avoir réessayé.

— Je vais réfléchir. Je te ferai signe.

Agacée par son obsession, Julia ne tarda pas à recontacter l'adhérente de Kéoulaka.

— Bon, j'accepte ! Quand est-ce que je peux venir ?

— Aujourd'hui, j'y suis plus tard si tu veux. Je te montrerai le costume du prochain déboulé. Il est simple à faire, je vais t'aider et te fournir les accessoires.

À vingt heures trente, la gérante du lavomatique franchit le palier d'une ancienne case créole en bois, peinte en rouge et blanc. Deux sculptures imposantes, aux traits amérindiens et africains ornaient l'entrée. Captivée, Julia fixait les deux objets.

— Ben rentre ! Nos gardiens ne vont pas te manger, ils ne sont qu'en bois, lui dit Catherine en rigolant.

Des créations aussi surprenantes les unes que les autres embellissaient les parois de l'espace. Elle eut la sensation de pénétrer dans un temple sacré comme le montrent les films d'aventure.

Un groupuscule assis autour d'une table rectangulaire semblait attendre sa venue.

— Je vous présente Julia, qui marchera avec nous ce week-end. Julia, voici les responsables de notre association.

Elle remarqua Man Sélène. Une dame sans âge assise en bout de table, qui prit la parole en la scrutant.

— Tu es la bienvenue, ton amie t'expliquera nos règles et t'assistera pour la tenue à porter samedi.

Sa voix rauque et agréable dégageait une autorité naturelle. Catherine lui fit découvrir les lieux.

Sur la droite, deux autres pièces spacieuses grouillaient d'adhérents, affairés à fabriquer les costumes. Les commodités et une large cour complétaient le local.

Sur le mannequin le plus rudimentaire qui soit, une croix de bois, était posée la prochaine tenue.

Des lamelles de feuilles de bananes séchées tapissaient une longue tunique en coton. Deux cornes de bœuf formaient la coiffe. À son expression, Catherine devina qu'elle s'inquiétait du délai qui lui restait pour réaliser un tel accoutrement.

— Te prends pas la tête, j'ai des feuilles prêtes à l'emploi, il y a un bac rempli de cornes, il me reste aussi du tissu.

Malgré son bel aspect lavé et lustré, se voir avec cet organe de cadavre d'animal sur la tête, rebutait la nouvelle recrue.

J'arrête de faire la poule mouillée, ils le mettent bien, eux, ce truc sur la tête et depuis longtemps.

Dans la salle principale, Man Sélène avança vers la jeune femme :

— Alors, tu viens samedi ?

Julia bafouilla décontenancée par ce ton familier :

— Euh...ben... oui, je craignais un peu de ne pas pouvoir faire la tenue à temps, mais Catherine me donnera un coup de main.

— Je suis toujours tellement contente de voir de nouvelles têtes, dit la vieille dame en lui effleurant le bras.

Un frisson la saisit. Elle n'arrivait pas à soutenir ce regard qui la transperçait. Elle crut voir s'échapper des pupilles de Man Sélène, des rayons inhabituels couleur or.

Incommodée, elle trouva une échappatoire et entraîna Catherine à l'extérieur.

— Excuse ma curiosité, mais qu'elle est le rôle de Man Sélène ? Elle me met mal à l'aise.

— Ah la doyenne ! Elle intimide les anciens, les nouveaux... C'est la mère chef, l'infirmière du Mas, tout quoi ! Et surtout, elle seule prépare les feuillages que l'on mélange à l'encens. Elle ramène son petit sac d'herbes séchées. C'est aussi elle qui a emmené les deux sculptures de l'entrée. On ne connaît pas son âge. On suppose qu'elle a bien soixante-quinze ans. Si tu restes avec nous, tu t'habitueras à sa présence. Elle n'est pas méchante, mais elle sait se faire respecter.

Julia, portée par une fièvre créatrice, s'attela à finir son costume dès qu'elle rentrait. Catherine en avait fait le plus gros. Notre couturière en herbe admira le chef d'œuvre exposé sur un cintre.

Vingt-quatre heures la séparaient de sa sortie avec Kéoulaka. Son excitation lui faisait penser à un enfant impatient de monter sur un manège.

Il était une heure du matin quand elle put se glisser avec délectation entre ses draps rafraîchis par le climatiseur. Plongée dans son sommeil, la clarté d'une lumière vint caresser ses paupières. Certaine d'avoir tout éteint, elle les ouvrit.

D'un coin de la chambre, une lueur perçait l'obscurité.

Julia s'assit brusquement, pencha sa tête vers la gauche et là, elle ne voulut pas croire ce qu'elle voyait. Le costume étincelait.

Elle alluma sa veilleuse, tapa sur l'interrupteur de l'ampoule du plafond et marcha doucement vers le vêtement. Elle le décrocha de son support, l'inspecta sous toutes les coutures. Rien d'anormal. Elle le replaça, laissa sa lampe de chevet allumée et se dit que ces petits dons, c'est ainsi qu'elle les nommait, devaient lui jouer des tours.

Elle termina sa nuit tant bien que mal, l'œil aux aguets.

Le jour de son premier vrai déboulé, l'effervescence régnait au sein de l'association. L'encens parfumait toutes les pièces.

Catherine, heureuse de voir qu'elle n'avait pas changé d'avis, la choya. Il fallait revêtir l'imposant déguisement en débutant par l'un des éléments les plus importants : une bonne paire de chaussures de marche. Le rythme très sportif n'autorisait pas les souliers à talons. Julia n'eut pas à se déshabiller, elle avait pris de l'avance en revêtant le fond du costume : tee-shirt et cycliste. Son habilleuse l'aida à enfiler le boubou de feuilles, lui badigeonna le visage de peinture blanche et noire.

Les cornes un peu lourdes furent posées en dernier. Julia se contempla sur un des miroirs.

Pourtant habituée à se travestir, elle fut subjuguée par son image et ne vit pas Man Sélène.

— Bonsoir Julia, c'est bien que tu sois avec nous.

— Excusez-moi, je ne vous ai pas vu arriver. Bonsoir madame, répondit-elle en sursautant.

— Allons pas de madame ! Appelle-moi Man Sélène ! Catherine m'a dit que tu as récemment testé un groupe à Po.

Cette fois tu feras réellement partie des marcheurs. Mets-toi à côté de ton amie, suis la cadence en te calant sur ses pas. Si tu n'en peux plus, n'insiste pas, monte dans la camionnette rouge, derrière nous.

La petite nouvelle acquiesça en se persuadant qu'elle irait jusqu'au bout.

Surtout ne pas m'arrêter, sinon ils vont tous se moquer de moi.

Pour s'échauffer et appeler le reste des participants, les fouettards cinglaient l'asphalte.

Enthousiasme, trac s'entremêlaient.

Aïe ya ya, je déboule vraiment ! Est-ce que ça va bien se passer ? Ça suffit, j'y vais !

Dehors, des cris de ralliement poussèrent les retardataires à se ranger.

Mèt zòt an plas pa rété an lokal la ! (mettez-vous en place, ne restez pas dans le local).

Elle obéit à la doyenne, en emboîtant le pas de Kéoulaka qui amorçait son déboulé. De chaque côté du cortège, un adolescent éparpillait les volutes de résine.

La musique devenant de plus en plus entraînante, cadençait la marche. Julia frissonna.

Par manque d'habitude notre débutante eut

tendance à accélérer le pas, mais Catherine lui faisait reprendre le bon tempo. L'intense émoi que lui provoqua le son Mas fit monter des larmes qu'elle ravala avec difficulté, il ne manquait plus qu'ils la voient pleurer.

À la première pause, elle eut du mal à redescendre sur terre, observant l'air désorienté, l'ensemble de Kéoulaka.

La voiture de ravitaillement distribua de l'eau et des quartiers d'agrume. Tandis que le groupe se remit en route, l'ouïe de la jeune femme se décupla. Tous les bruits environnants devinrent assourdissants : les instruments, les voix, les semelles frappant la chaussée, le cri des criquets.

Un picotement se propagea depuis ses extrémités suivit d'une vibration.

Oh non ! Pourquoi maintenant, que va-t-il arriver ?

Une curieuse accalmie remplaça la cacophonie ambiante, sauf les percussions qui résonnaient de plus belle. De nouvelles silhouettes diffuses se dessinaient à travers la fumée odorante.

Leurs emplacements anarchiques désorganisaient les rangées de marcheurs.

Mon dieu ! D'où viennent ces gens ? Ils ne semblent déranger personne, ils sont mal placés, je les trouve...bizarres.

C'est là qu'elle vit que Man Sélène s'était mise à l'extrême gauche de sa ligne.

Leur regard se croisa, une voix résonna dans sa

tête :

« *Nous seules pouvons les voir.* »

Elle serra le bras de sa voisine.

Ce n'est pas possible, je n'ai rien entendu, je me fais des idées..., la musique et tout le reste, je n'ai pas l'habitude, pas de panique, je me calme.

— Ça ne va pas ? Ta main tremble. Tu peux monter dans la fourgonnette si tu veux, lui souffla Catherine.

— Non, non je continue.

Julia épiant les alentours, termina le circuit avec la crainte d'halluciner et évita de tourner la tête vers Man Sélène.

Devant son quartier général, Kéoulaka communiqua son exaltation.

Elle s'oublia, se nourrissant de cet état qui lui procurait un plaisir indescriptible, puis fut frustrée par le retour à la réalité, qui lui rappela ...

Qu'est-ce que j'ai vu et entendu au juste ? Et cette Man Sélène est peut-être une quoimboiseuse[1] ! Je n'aime pas ça, mais alors vraiment pas !

Catherine s'enquit de son intégration dans le groupe :

— Alors, tu nous rejoins ?

— Je vais réfléchir, je t'appelle très vite, promis.

---

[1]Quoimboiseuse, quimboiseur : le terme désignant ceux qui pratique la sorcellerie dans les Antilles françaises.

Celle qu'elle voulait éviter le plus avança brusquement vers les deux jeunes femmes, interrompant leur conversation.

— Tu as aimé ? J'espère te compter parmi nous.

— Oui, c'était très bien. Pour l'inscription, je ne sais pas encore.

— Dis-moi, ton visage ne m'est pas inconnu, tu es de quelle famille ?

— HEBENY, répondit la jeune femme pressée d'abréger la discussion.

— Ah ! Je vois. La laverie automatique près de l'école Sainte - Thérèse vous appartient ?

— Plutôt à ma tante, je gère son entreprise.

— Je vois...HEBENY est le nom de ton père, TENRASSI, celui du côté maternel.

— Tu es l'arrière-petite-fille d'Adeline, paix à son âme.

La voilà maintenant qui décortique mon arbre généalogique, décidément elle m'est antipathique.

— Bon, je vous laisse mesdemoiselles, peut-être à bientôt, HEBENY, dit Man Sélène en s'éloignant.

Notre invitée s'aperçut que Catherine l'observait, intriguée.

— Il y a eu un problème pendant que l'on marchait ?

— Rien de sérieux, une fatigue passagère.

Sur tout ce qui lui arrivait d'inexplicable, elle

jura de se museler.

N'ayant pas le cœur à se restaurer, elle refusa poliment une délicieuse soupe à Kongo[1] et quitta les lieux.

Etendue sur son lit, elle variait les positions, cherchant à s'assoupir à tout prix. Comment s'endormir après une telle expérience ? Son imagination lui jouait-elle des tours au point d'être aussi crédule ? De réflexion en réflexion, un somme finit par la terrasser.

Elle se vit enfant au milieu d'un bois d'une profonde noirceur. Elle emprunta un sentier qui s'illuminait à chacun de ses pas. Il déboucha sur deux silhouettes diaphanes : son aïeule Adeline et Man Sélène. Sans un mot, avenantes, elles lui prirent les mains et formèrent un cercle.

Ce contact lui provoqua une onde rappelant une décharge électrique, la douleur en moins. Des rayons lumineux s'échappant des six pupilles se croisèrent pour n'en faire qu'un, transperçant l'obscurité du ciel.

Assise sur le matelas, Julia était sortie de sa léthargie.

Sur sa chair, un influx et une tension oculaire, donnèrent au songe un réalisme saisissant.

En proie à l'anxiété, elle tentait de décoder ces images qui défilaient.

---

[1]Soupe à Kongo : soupe guadeloupéenne.

Qu'est-ce que je faisais, fillette, près de mon aïeule et de la doyenne que je viens de rencontrer ? Que signifie cette lumière ? Est-ce un bon ou un mauvais présage ?

Engourdie, elle se traîna dans sa cuisine. En avalant une de ses boissons fétiches, elle prit une décision jusque-là inimaginable : hormis son travail, elle prendrait une année sabbatique. Si une activité la perturbait autant, il valait mieux s'en dispenser, elle n'en mourrait pas.

La journée, elle composa le numéro de Catherine et eut la messagerie. Un heureux hasard qui l'exempta de se justifier en direct.

« Salut ! Je ne pourrai pas être avec vous, cette saison. Ce n'est pas la forme. On se verra autrement. À plus. »

«Je suis déçue, mais la santé avant tout. Je t'appellerai, on dinera ensemble. À bientôt.», reçut-elle par SMS.

Un nœud d'angoisse s'accrochait à ses tripes, telle une sangsue.

Les croyances régionales très ancrées, ne l'avaient pas empêchée de garder un minimum d'objectivité, jusqu'à ce mois de janvier où toutes ses convictions s'ébranlaient une à une.

Pour dissiper ce tumulte intérieur, elle enchaîna les tâches qu'elle avait différées.

Mais, sans relâche, une petite voix lui chuchotait que ses deux derniers rêves prédisaient d'horribles malheurs. Elle imagina les pires scénarios : maladie grave, possession, mort.

2

Man Sélène

Mois de janvier, cinquième semaine

Pour évacuer ce paysage cataclysmique qu'elle esquissait, Julia se recentra sur son travail, les amis, sa famille. Elle s'efforça d'ignorer la plus grande manifestation annuelle de Kaloukaéra, son repère tout désigné, d'où partaient tous ses déboires.

C'était sans compter sur le destin qui lui réserva d'autres sources de tourment.

La nuit tombait, un dernier client terminait son tour de machine. La gérante du lavomatique faisait du rangement avant la fermeture, lorsqu'elle sentit une intense vibration. La doyenne fit irruption dans le hall et se dirigea vers son box.

Mais que vient-elle faire ici ?

Celle-ci se rapprocha le plus possible, personne ne devait l'entendre.

— Bonsoir, Julia. Ma venue te surprend, c'est

normal. J'ai su par Catherine qu'on ne te verra plus et je dois absolument t'entretenir d'un sujet délicat, mais pas ici. Il concerne ce que tu as vu pendant notre déboulé.

Qu'est-ce qu'elle raconte ?

— Sauf votre respect, Man Sélène, je ne vois pas de quoi nous pourrions discuter. Je n'ai rien vu ce soir-là, vous vous faites des idées.

— Oh ! Que si. Crois-moi, nous devons parler.

La raison devait être capitale pour que cette dame débarque où elle travaillait. Elle finit par accepter une entrevue le lendemain à vingt et une heures.

La destination était à quinze kilomètres du quartier de Julia. Elle suivit la vieille dame qui l'attendait à bord d'une berline, à l'entrée d'un chemin en terre. Au bout d'un champ de cannes à sucre, elles se garèrent devant un coquet bungalow en bois. Le mystère entourant cette rencontre intriguait la jeune femme au plus haut point.

La doyenne un sac isotherme à la main, l'invita à rentrer. Le logis était propre et possédait le confort minimum.

— C'est mon pied-à-terre, pour me ressourcer, au calme. Le courant est fourni par des panneaux solaires, dit-elle pour détendre l'atmosphère.

— Assieds-toi, je te serre quelque chose à boire ? J'ai des jus de fruits frais.

La jeune femme prit le nectar à la cythère[1], son parfum préféré.

— J'arrête de tourner autour du pot. Il est temps que tu saches ce qui bouleversera ta vie. Ton arrivée à Kéoulaka n'est pas un hasard. Pendant que nous marchions, oui, j'ai vu ce que tu as vu... et tu m'as bien entendu sans que ma bouche ne s'ouvre.

Man Sélène marqua un arrêt.

— Mon nom est Sélène ODEKALI. Ton rêve avec moi et Adeline, était réel...d'une certaine manière.

Les neurones de Julia s'agitèrent.

De quoi elle parle ? Je savais que je devais m'en méfier, je suis là avec elle, je n'aurai jamais dû venir, qui sait ce qu'elle a pu mettre dans mon verre !

— Nous appartenons au même clan, celui des prêtresses Akilébas.

Seigneur ! Elle est folle ! Je pars.

La jeune femme se leva d'une traite, prête à déguerpir. Un ton autoritaire, menaçant, bloqua son élan :

— Reste là mademoiselle ! Tu dois d'abord m'écouter ensuite, tu feras ce que tu voudras. Un groupe de femmes naît avec ce don. Il commence à se révéler enfant et ne se précise qu'à l'âge adulte. Trop jeunes, elles seraient traumatisées par ce

---

[1]Prune de Cythère : fruit tropical.

qu'elles pourraient voir ou subir. Il se transmet, mais peut sauter plusieurs générations. Je sais qu'il te vient de ton aïeule Adeline. Une vision m'a avertie d'une nouvelle venue. Dès que tu as franchi la porte de Kéoulaka, j'ai su que c'était toi.

La vieille dame déclamait.

— Grâce à la lumière divine, les Akilébas perçoivent et purifient les âmes qui n'ont pas trouvé le repos.

Les sons du Mas et du Gwoka[1] ont le pouvoir de les attirer et les maintenir sur place, ainsi nous accomplissons notre acte.

Horripilée, Julia explosa.

— Vous êtes malade ! Tout de suite je me suis méfiée de vous. Le jour où j'ai déboulé…l'encens… on dit que vous faites des mélanges, je suis sûre que c'est ce qui m'a provoqué des hallucinations. Maintenant, vous voulez me faire croire à ces sornettes. C'est quoi votre but hein ? Vous recrutez des jeunes pour une secte. Mais, j'ai quitté le groupe avant d'être votre victime. Alors ça vous a mis en rogne et vous m'avez piégée ici.
Je ne vais pas me laisser faire !

Avec un calme olympien, ayant anticipé sa réaction, la doyenne répondit :

— Depuis l'enfance, ressens-tu parfois, une sorte de tension, de vibration ? S'est-elle amplifiée? Est-ce qu'il t'arrive de deviner les pensées des

---

[1]Gwoka : musique traditionnelle de la Guadeloupe.

personnes que tu côtoies ? Connais-tu les vertus des plantes, sans avoir appris ? Sois franche. Si ce que je dis est faux, tu peux t'en aller et cette conversation n'a jamais eu lieu.

Sonnée, Julia s'affaissa sur un siège.

— Com...ment...vous... bégaya-t-elle.

— Comment je le sais ? Parce que, nous sommes reliées. Ce don est un précieux trésor qui nous vient de très loin. Plus tard tu en sauras un peu plus. Là ! Maintenant ! Tu dois appliquer la première règle qui est celle de l'acceptation. Un coup de massue s'abattit sur la tête de Julia. Les lèvres scellées, elle fixait la vieille dame sans la voir.

En lui effleurant l'avant-bras, Man Sélène la sortit de son inertie. Recevant une décharge familière, la jeune femme vociféra à nouveau.

— Non non non ! Je ne vous crois pas ! Vous vous rendez compte de ce que vous dites ? Oui, c'est vrai, vous m'avez cité des détails très personnels de ma vie. Vous êtes juste une bonne voyante. La comédie a assez duré, je m'en vais ! Et je prends ce verre, pour le faire analyser, il contient sûrement du poison !

Campée sur ces jambes, agressive, elle brisa le récipient. Terrifiée, elle contempla le sang qui s'étalait sur sa paume.

Man Sélène ramena une trousse à pharmacie et sans se démonter, reprit le fil de ce que Julia devait entendre.

— Nos percussions ne servent pas qu'à

revendiquer notre culture. Elles sont sacrées, car dotées de pouvoirs insoupçonnables. L'ouverture d'un accès sur ce qu'on ne peut voir et le charme des âmes en perdition qui accourent en grand nombre. Les notes les rendent inoffensives et produisent une protection bloquant leurs interférences dans les âmes des vivants. Une fois attirées, nous les voyons et les délivrons. La mauvaise réputation des groupes à Po est injustifiée. Il faut dire que de graves erreurs ont été commises par certaines prêtresses, je t'en parlerai en temps voulu. Tu dois accepter ce don, tu n'as pas le choix.

Je vais te montrer quelque chose. La doyenne enleva la compresse posée sur la coupure de la jeune femme, ferma les yeux un bref instant puis les rouvrit. Ses orbites illuminèrent la main blessée. Julia sentit une chaleur l'envahir.

Elle observa sa plaie que l'on devinait par sa cicatrice instantanée. Coriace, il en fallait plus pour la convaincre.

— Vous pensez que vous allez m'avoir avec vos tours de passe-passe et si je refuse d'accepter votre je-ne-sais-quoi-là, que va-t-il m'arriver hein? J'irai en enfer ?

— Tu peux bien sûr sortir d'ici, tu n'as rien vu ni entendu...voilà. Mais ça serait dommage, car maintenant tu es au courant et une fois qu'une prêtresse sait qu'elle en une, elle est obligée de l'accepter, c'est la règle numéro un.

Sinon ta vie ne pendra jamais la direction que tu voudras.

Sur cette dernière phrase, Julia perçut une malédiction qui ne disait pas son nom.

— Je suis initiatrice Akiléba, je forme les nouvelles. Nous faisons partie de l'ordre Akaéyouri. Nous avons la « mission », dont je t'ai parlé tout à l'heure, et protégeons du mieux possible notre pays. Nous existons aussi sur d'autres îles de la caraïbe. Huit pouvoirs principaux portant des noms sacrés, nous ont été transmis, il y a plus de trois cents ans.

La purification, Naouraka qui délivre les âmes que l'on nomme, Ouyempos. Cet acte s'accomplit en utilisant la lumière surnaturelle, Akénani, qui transfère par nos iris.

La télépathie, Abokitou. Mais très souvent cette faculté nous envoie les pensées de ceux qui nous entourent, avec le temps on apprend à la contrôler.

Le voyage astral, Ikériba, où notre corps est séparé de l'esprit.

Il peut être dangereux si l'on ne le maitrise pas et est utilisé que pour les rituels ou des urgences.

Soigner notre peuple avec la nature, Anouracani. C'est-à-dire l'utilisation de la flore médicament.

Les deux derniers : la guérison des plaies par la lumière, Wakénani et le transfert d'énergie nommé Iténébo, ne se pratiquent qu'entre nous.

La vibration, Okawalé est le signal d'avertissement.

Il nous prévient de la présence des esprits et d'évènements imminents.

Qui vont de la simple venue d'une connaissance à un accident de la route.

Man Sélène reprit son souffle.

— Nous sommes assistés par les Aoyaronis, les veilleurs. Mon petit-fils, Léon, en est un. Tu l'as aperçu sans savoir, il est dans Kéoulaka. Leur rôle est de veiller sur les Akilébas.

Nos projections astrales, surtout au début, peuvent nous rendre vulnérables. Nous pouvons défaillir jusqu'à perdre conscience. Ils nous protègent de ceux qui ne sont pas comme nous. Car quand l'être humain ne trouve pas d'explication à un phénomène étrange, il se livre aux spéculations les plus folles et développe ce que j'appelle « la cruauté de l'ignorance ». Ils suivent aussi un apprentissage et possèdent également des dons : la vibration, la télépathie et le transfert d'énergie. Le voyage astral, mais seulement si nous les accompagnons. Tu as sept jours pour réfléchir.

Très important, le deuxième commandement : cultiver l'art du secret, tu ne peux en parler à quiconque.

Les dons ne se manifestent que sur ces territoires auxquels ils sont attachés.

En dehors de certains pouvoirs, nous avons donné aussi des noms créoles afin de les adapter au monde actuel. L'autre nomination d'Akiléba est Zyé Limyè (yeux de la lumière).

Les gardiens, Véyè (veilleurs) et la science des plantes Rimèd Razié.

Rien n'est écrit et ne doit l'être.

Voilà pour l'instant ce que tu dois savoir.

Elle se leva et ramena une petite fiole.

— J'ai préparé une essence végétale qui atténuera ce que tu viens de subir, les semaines à venir risquent d'être un peu difficiles. Frotte tes tempes et le sommet de ta tête avec ma composition. Tu sentiras un soulagement.

Jugeant la jeune femme en capacité à reprendre le volant, la doyenne l'invita à la suivre sur une portion du trajet de retour.

Il se faisait tard, Julia avait hâte d'être à l'abri. Elle roula à tombeau ouvert, comme si le diable la coursait.

Devant son palier, elle resta prostrée sur le siège de sa Peugeot.

Quinze bonnes minutes s'écoulèrent avant qu'une chaussure ne touche le parterre.

Elle ouvrit sa porte d'entrée et la referma aussitôt à double tour, craignant de voir apparaître la vieille femme.

Elle s'affala sur son canapé, incapable d'effectuer le moindre mouvement.

S'en était trop. Son univers venait de s'écrouler. Elle se noya dans un torrent de larmes. Puis irritée par la sonnerie insistante de son portable, hoquetante, elle décrocha.

C'était celle qu'elle désigna comme étant son pire cauchemar.

— *Je sais que tu es très secouée et que tu ne veux plus entendre parler de moi. Utilise l'huile que je t'ai donnée. Je suis à ta disposition à n'importe quelle heure du jour ou de la nuit.*

Oubliant son affection envers les personnes âgées, Julia lui raccrocha au nez et regretta de lui avoir donné son numéro.

Elle largua la petite bouteille à la poubelle.

Une lotion remise par cette vieille bonne femme ne peut être qu'ésotérique, je n'en veux pas !

L'anxiété fut telle que réveils en sursaut et somnolences ponctuèrent sa nuit. Un haut-le-cœur la tira du lit et lui fit restituer le peu d'aliments de la veille. Elle se remit à sangloter.

Je suis maudite ! Qu'ai-je fait au ciel ? Pourquoi moi ?

Les pleurs laissèrent la place à une colère dirigée vers Man Sélène.

Elle s'exprima à voix haute cherchant à conjurer le mauvais sort :

— Tu ne m'auras pas espèce de sorcière ! Il faut que je me ressaisisse sinon je vais perdre la tête.

Ses alliés naturels l'apaisèrent. Son esprit retrouva un calme relatif lui permettant de réfléchir.

Traiter la doyenne de tous les noms n'expliquait pas ce qu'elle savait de Julia. L'aïeule, la vibration, ses connaissances en médecine naturelle...

Un congé et une solution quasi vitale s'imposaient. Un vigile pouvait la remplacer sur une courte durée.

D'accord il fallait éclaircir cette énigme, mais vers qui s'orienter ? Julia devait en savoir plus sur Adeline. Elle se rendit chez sa grand-mère maternelle.

— Ma petite fille que je ne vois pas assez va bien ?

Julia la regarda avec tendresse. Avec le travail, pas évident de faire les trente kilomètres qui les séparaient.

— Mémé ! Je voudrais venir te voir plus souvent, mais je travaille du lundi au samedi. Le dimanche, je suis trop fatiguée et puis je t'appelle régulièrement.

— Eh oui je sais ! répondit la mamie, résignée.

Après avoir échangé les banalités, la jeune femme aborda de façon détournée le sujet qui l'emmenait.

— J'ai envie de connaître un peu mieux l'histoire de notre famille et je me revois petite fille. Papa, maman et moi, sommes allés chez l'aïeule Adeline, c'était le jour où ... Enfin, tu sais. Je l'ai peu connu.

— Ah ma mère ! Un personnage ! Tout le monde la craignait. On disait qu'elle était voyante, jetait des sorts, un tas de commérages. Ceux qui médisaient venaient aussi se soigner. Nous étions quatre et avons reçu toute son affection surtout que notre père était absent, il travaillait à l'usine Bonne Canne. Il partait tôt le matin, quand il rentrait, nous étions déjà couchés. J'ai entendu dire que tu es très douée en médecine des anciens, tu as hérité de son don. Je parle de don parce que ni ta mère ni ta tante n'ont montré un quelconque intérêt pour nos remèdes naturels et moi j'ai dû apprendre en observant ce que ma maman faisait. Chez toi c'est inné.

Julia se tut sur ce que l'aïeule Adeline lui avait soufflé.

Le récit de sa mamie confirmait les particularités de la défunte et l'éventualité que les descendants pouvaient en hériter.

— Tu connais une certaine Sélène ODEKALI ? On l'appelle aussi Man Sélène. C'est une dame âgée.

— Sélène ODEKALI, Sélène ODEKALI...Oui, je sais qui c'est. Tiens ! C'est drôle que tu m'en parles, je l'ai aperçue à une foire aux produits locaux, où m'avait emmenée ta tante, cela faisait...ouh ! Six ans, je ne sais plus... qu'on ne s'était pas croisées. Nous sommes de la même génération. À une époque, elle avait la trentaine. Elle venait chez ma mère, je la voyais quand j'y faisais des séjours avec mes enfants. Je trouvais leurs entrevues, étranges, secrètes. Là où ma mère recevait, elles s'enfermaient à clé. Je ne devais pas les déranger.

Où l'as-tu rencontrée ?

— Dans un groupe à Po. En lui disant mon nom elle a fait le lien avec la laverie et tata. J'ai trouvé bizarre qu'une étrangère en sache autant sur nous, avec ce que tu me racontes, j'ai la réponse.

— Un quoi ? Ne me dis pas qu'elle est avec un de ces groupes bizarres, qui trainent tout le temps leur pot d'encens. À son âge quand même !

— Disons qu'elle est très active dans le milieu culturel.

La jeune femme changea de sujet ne souhaitant pas éveiller la curiosité de sa grand-mère.

Ces éléments lui indiquèrent que son lien avec la défunte n'était pas que généalogique : la connaissance innée de la pharmacopée, une faculté rejoignant plutôt une forme de télépathie que les on-dit assimilaient à de la voyance, la phrase, « *tu es comme moi...* », les rendez-vous clandestins, entre son aïeule et la doyenne.

D'un naturel sceptique, elle les trouva malgré tout insuffisants pour corroborer les dires invraisemblables de Man Sélène. Il y avait bien eu cette lumière qui soigna sa blessure. Elle se remémora une légende. Des femmes au regard tueur divaguaient pendant les dates qui précédaient la Toussaint. Période où les Kaloukaéens étaient persuadés qu'il y avait une recrudescence d'esprits en circulation. À son avis, une pure fabulation comme il en existe des milliers à Kaloukaéra.

Son cerveau bouillonnait. Cette histoire ne pouvait pas être vraie. Sur Internet, on ne parlait que des croyances les plus courantes du territoire. Pas un mot sur ces fameuses prêtresses.

Julia refusa toujours de croire et raya de ses contacts tous ceux lui rappelant Kéoulaka.

Cela aurait été trop simple si, effacer des numéros de téléphone gommait tout ce qui la dérangeait.

Traumatisée, elle devint aigrie, insomniaque, anorexique, et le comble, ses vibrations s'accrurent.

Ses parents, qui s'inquiétaient, la contraignirent à voir son médecin et à se rendre à l'église. Croyante, peu pratiquante, elle se dit qu'ils avaient probablement raison. Elle s'était sûrement trop éloignée de Dieu et se souvint vaguement d'un chapelet en bois. La boîte à bijoux ! Elle le chercha fébrilement et l'accrocha sur sa tête de lit.

Une deuxième consultation médicale, des prières, l'allumage de plusieurs cierges furent sans effet.

Mois de février, deuxième semaine

Émilie voyant son amie dépérir, conclut qu'on l'avait ensorcelée et lui conseilla de consulter un quimboiseur connu de sa famille.

Dépitée, Julia céda et fut conduite chez monsieur TESINA.

Il habitait au fin fond de la campagne dans une cabane en bois mal éclairée. Il avait un certain âge et une stature avoisinant les deux mètres.

— Bonjour, monsieur TESINA, voici mon amie dont je vous ai parlé.

— Bonjour, asseyez-vous.

Une table et quatre chaises branlantes, datant d'une époque lointaine occupaient la petite pièce principale.

Il disparut puis revint avec une bouteille contenant une eau verdâtre où baignait une monstrueuse scolopendre. La longueur de ses dards laissait imaginer la douleur de la piqûre qu'ils pouvaient infliger.

Il s'envoya cul sec une lampée du breuvage.

— Aaaaah ! cria-t-il, preuve du « feu » qu'il venait d'ingurgiter.

Puis le recracha dans ses mains calleuses qu'il frotta énergiquement. Il s'en échappa des odeurs de rhum et d'une plante que sa patiente reconnut entre mille, « la six heures[1] ».

Émilie semblait coutumière de ces pratiques, elle ne fut pas impressionnée par son cérémonial. Quant à Julia, elle le fixait avec une méfiance non dissimulée.

Il plaça ses paumes au-dessus d'une bougie déjà allumée depuis l'arrivée des jeunes femmes, puis

---

[1] Six-heures : plante médicinale de la caraïbe, utilisée également pour éloigner les mauvais esprits.

marmonna des mots inaudibles. Brusquement, ses yeux se révulsèrent. À peine eut-il frôlé de ses doigts la tête de Julia, qu'il bascula à la renverse. Il la dévisagea comme si elle incarnait la diablesse[1] en personne.

— Pourquoi me regardez-vous ainsi ? Qu'est-ce qui se passe ?

Après un silence interminable, l'homme visiblement très perturbé, recouvra la parole, les mots s'entrechoquaient.

— Il m'a ...bousculé. L'esprit est sur toi. An pa jen vwé on biten kon sa (je n'ai jamais vu une chose comme ça). Ouh la ! Attendez, je reviens.

Les filles entendirent le bruit d'un jet d'eau.

Le sorcier réapparut la tête mouillée avec deux feuilles de papier. L'une notée en caractères d'imprimerie, l'autre manuscrite.

— Il y a trois prières à réciter pendant sept jours. Tu dois aussi te baigner avec les remèdes que j'ai marqués. Si mon médicament ne marche pas, voici le numéro de téléphone d'une amie qui pourra résoudre ton problème. Dis-lui que tu viens de ma part. Tu ne me dois rien, ta copine a payé.

Il avait l'air tout à coup très pressé qu'elles s'en aillent.

Julia consulta la fameuse liste : eau contre le

---

[1] Diablesse : Croyance antillaise sur une très belle femme aux sabots de cheval hantant les bois et rivières, faisant disparaître les hommes.

mal, eau exorcisme de l'âme, eau de l'ange, eau divine. Exaspérée, elle fusilla son amie du regard.

— Quand je pense que je t'ai laissé m'embobiner. Voir ce charlatan et qu'en plus tu crois à ces conneries ! Il a fait son cinéma et s'est contenté de prescrire les espèces de petites bouteilles vendues par tous les lolos du coin.

Émilie prit l'attitude qu'elle prenait lorsqu'elle s'apprêtait à annoncer une catastrophe, les yeux exorbités, une voix criarde :

— On t'a jeté un sort ! Je le vois, tu n'es plus toi-même. Il faut que tu fasses ce qu'il a dit. Sinon tu risques de devenir comme tous ces fous qui errent dans nos rues.

— Merci pour ton soutien, je vais mieux dormir. Le sujet est clos, ne me parle plus de lui ni de quoi que ce soit de ce genre, lui répondit sèchement Julia.

Elle détestait cette facette d'Émilie, hautement superstitieuse, sensible à des pratiques occultes douteuses. Et pourtant, notre tourmentée, acculée, suivit les préconisations du quimboiseur et négligea même ses propres compositions officinales.

Elle pria, pria et pria sans relâche, durant une semaine.

S'immergea dans des bains additionnés de ces eaux apportées par Émilie, très connaisseuse en la matière et ravie de remplir pour une fois, le rôle de soigneuse, habituellement tenu par son amie.

Tout ce tralala et aucun résultat ! Fut la conclusion de notre malade, qui devint neurasthénique.

Être chez elle ou endurer le discours alarmiste et tendancieux de son amie, ne lui convenait guère.

Il était évident que pour cette affaire, elle ne pouvait compter sur sa complice de toujours.

La jeune femme choisit de rester sur une durée indéterminée chez ses parents et vaqua à ses occupations sans conviction.

Un matin à sept heures tapantes, en ouvrant la laverie, celle qu'elle redoutait le plus fit une incursion en lui emboîtant le pas.

Vu son expression, la responsable des lieux n'osa s'y opposer. Quelques minutes après arrivèrent les vigiles, ils vérifièrent les machines et jetèrent un œil dubitatif vers la doyenne. Que faisait-elle avec leur patronne ?

La gérante ferma la porte du box, aucun mot ne devait filtrer, il fallait se dépêcher, les premiers clients n'allaient pas tarder.

Agacée, désireuse d'abréger l'entrevue, d'un ton sec elle s'adressa à sa visiteuse :

— Je vous écoute Man Sélène.

— Je préfère ne pas te parler ici. On doit se revoir. Je peux déjà te dire que, plus, tu refuseras ta destinée, plus ton existence se dégradera. Et je te conseille de ne plus approcher ces gadèd zafè [1] si tu vois ce que je veux dire. Quand ça les dépasse, ils en déduisent que nous sommes possédées.

Elle s'exprima en chuchotant, mais resta suffisamment audible.

Julia fut abasourdie par les propos de la doyenne sur sa consultation chez monsieur TESINA. D'où tenait-elle cette information ? Quelle alternative lui restait-il ? Voir la consœur qui soi-disant la guérirait ? Une bonimenteuse de plus. Le dépit l'exhorta à accepter une deuxième rencontre.

Oppressée, elle se rendit le lendemain au domicile de Man Sélène. Une belle demeure créole blanche et bleue en bois, située à trois cents mètres de Kéoulaka. Elle l'invita à la suivre vers une terrasse à l'arrière de la maison, à s'asseoir sur une chauffeuse en rotin et rentra dans le vif du sujet.

— J'ai ressenti ton mal-être et je le comprends, toutes les nouvelles passent par ce stade.

Il faut que tu te reprennes. Je vais te prouver que tu possèdes un trésor. Bon assez parlé !

La vieille dame lui saisit les mains. Un tressaillement la traversa, un tourbillon l'aspira. Elles atterrirent près d'un gros rocher garni de gravures, puis furent à nouveau projetées dans une

---

[1] Gadèd zafè : Terme créole désignant un voyant, sorcier, quimboiseur (son autre nom en Guadeloupe)

crique fouettée par les vagues. Le retour fut tout aussi fulgurant.

— Tu ne peux pas échapper à ton destin, tu n'en as pas le droit, ordonna la Zyé Limyè, relâchant sa poigne. Ses pupilles marron virèrent au jaune or. Une chaleur submergea la jeune femme vissée sur son fauteuil.

Contre toute attente, après les pleurs, les doutes, les insomnies, la hantise de l'ensorcellement, la colère, elle plia en donnant en quelque sorte sa réponse.

— Que va-t-il se passer maintenant ?

L'étau qui enserrait son mental, depuis son contact avec la responsable de Kéoulaka, céda comme par enchantement.

La doyenne reçut ce qu'elle espérait : le signe de l'acceptation. Les prunelles de Julia prirent la même teinte dorée que celles de Man Sélène, annonçant le parcours hors du commun qu'elle empruntait. Elle venait d'embrasser le monde des prêtresses Akilébas.

DEUXIEME PARTIE

1

Le passage (Wikériba)

Un début du mois de mars

La nouvelle prêtresse débutait son apprentissage officiel. Elle devait célébrer le rituel de sacralisation : le passage, le Wikériba.

Sa condition acceptée, l'initiation se mit en place sans attendre. Intégrer son statut d'Akiléba constituait déjà un défi, savoir l'être n'en serait que plus laborieux.

Elle dut, pour justifier ses absences auprès de sa famille et ses amis, s'inventer un stage de perfectionnement en gestion.

Son initiation se déroulait au domicile de la doyenne. Derrière un meuble à roulettes « la pièce secrète ». Il y régnait une atmosphère propice au recueillement. Des parois d'un bleu pastel, plantes ornementales et odorantes égayaient ses recoins.

Julia qui depuis l'enfance connaissait les vertus des végétaux, sut qu'elles n'étaient pas que décoratives. On pouvait entendre le bruit agréable de l'eau d'une fontaine d'intérieur.

Les répliques des sculptures en bois du local de Kéoulaka, rappelant des chefs tribaux, étaient placées sur les deux côtés de l'entrée.

Encaissant le "choc", notre apprentie aborda avec circonspection sa formation.

Elle ne posa aucune question sur la vie de son professeur, à part quand elle se confiait spontanément : ses trois enfants, son veuvage et passé d'institutrice, ce qui expliquait une élocution irréprochable. Elle lui présenta de façon officielle, l'Aoyaroni Léon, son petit-fils.

Dans une profonde relaxation Julia et Man Sélène étaient allongées sur deux méridiennes en osier. Leur projection astrale les propulsa dans cette forêt visitée une première fois par la jeune élève, lors d'un rêve. Un cercle formé par plusieurs autres Zyé Limyè les attendait. À l'unisson, elles s'adressèrent à la petite dernière.

«Bienvenue à toi Julia, nous t'accueillons au sein de l'Akaéyouri. Respecte nos règles, suis les enseignements, remplis ta mission, nous t'accompagnerons. Nous t'offrons la divine Akénani.»

Une lumière aveuglante émanant des prêtresses pénétra la jeune femme.

Akilébas Julia et Man Sélène. Que nos grands guides vous gardent.

Elles retrouvèrent leurs formes physiques.

La jeune prêtresse fixait le plafond, émerveillée.

En recevant l'Akénani, elle eut conscience de sa propre dimension cosmique, de sa connexion avec la nature, l'espace, les êtres vivants, les défunts. Cette révélation la déchargea de son passé et de sa perception initiale de l'univers. Harassée, elle s'endormie. En émergeant de sa torpeur, elle avala avec gloutonnerie le repas qui l'attendait. Son regard fit le tour de la pièce, semblant découvrir son environnement pour la première fois, puis s'arrêta sur Man Sélène.

— Est-il possible d'avoir une vie normale en étant ce que je suis ?

— Ne t'inquiète pas, tu n'es pas seule. Tu feras ce que nous faisons tous. Ta double vie deviendra naturelle. Je ne dis pas que tu ne serais pas tentée, parfois, de tout révéler, mais plus tu résisteras, plus tu sauras te taire.

Après ce rituel, tu dois continuer à séjourner chez moi encore quelque temps.

Le mercredi des Cendres bouclait cette saison carnavalesque qui durait deux mois et entamait le carême. Quarante jours d'abstinence très observée sur l'île, où de nombreux habitants s'interdisaient toute festivité.

Julia eut l'obligation de réintégrer Kéoulaka. Il ne lui restait qu'un week-end pour engager sa mission.

Le jour de son déboulé en qualité de prêtresse, elle arriva au quartier général deux heures auparavant. Ce baptême du feu et son « éveil » ne la rendaient pas moins anxieuse.

Allait-elle réussir son premier acte de purification ? En sortirait-elle indemne ?

L'encens préparé par la doyenne embaumait toutes les pièces.

Le gwo siwo[1] constituait l'essentiel du déguisement. Des bouts de toile cachaient le strict minimum.

Tous les participants se badigeonnèrent de la mélasse, idem à du sirop caramélisé.

Julia d'avant aurait lorgné sur la plastique de ces messieurs. Maintenant, une futilité en comparaison à ce qu'elle était désormais.

D'autres sentiments plus louables que son angoisse viscérale naissaient : l'honneur d'avoir été choisie, de connaître ce royaume insoupçonné, de posséder des pouvoirs miraculeux.

Catherine fut surprise de la revoir. La jeune prêtresse anticipa ses questions.

---

[1]Gwo siwo : sirop à base de canne à sucre et de charbon servant à badigeonner tout le corps. Est un classique du maquillage des groupes à po.

— Je voulais finir en beauté et puis, besoin de décompresser. Alors, me revoilà !

Un musicien souffla dans une conque à lambi, ralliant les participants qui se dépêchèrent de se placer. Une voix puissante lança le premier chant.

Léon était derrière Julia. La doyenne fermait les rangs. Les deux femmes n'avaient plus ni à se parler ni à se regarder pour communiquer.

Un climat surréaliste se créait au fur et à mesure de l'avancée des débouleurs, l'attention de la jeune femme devint extrasensible.

Une Okawalé la secoua, elle aperçut entre les marcheurs, le halo spectral qui trahissait les intrus.

Une légèreté qu'elle connaissait bien la libéra. Elle se retrouva face aux Ouyempos. La configuration spatio-temporelle était identique et différente à la fois — aucun individu, ni d'instrument — que le son réalisant l'exploit de traverser les deux dimensions.

Son enveloppe continuait de défiler tel un automate. Le Véyè redoubla de vigilance.

Les âmes qui détectaient la sienne et sa singularité, se débattaient, emprisonnées par les ondes musicales.

Ses faisceaux divins fendirent leur aura, qui, cherchant à s'échapper, tourbillonna.

L'Akénani les transforma en petites boules lumineuses absorbées par le néant. La purificatrice redevint matière.

Si ses voyages lui paraissaient interminables, il n'en était rien. À l'échelle terrestre, ils ne dépassaient pas deux minutes.

Kéoulaka habité par sa musique, acheva sa prestation en communion avec son public.

Il était minuit passé, lorsque le trio de l'ordre quitta le groupe à Po et se réunit chez la doyenne. Il fit le bilan du premier rituel Naouraka de notre apprentie.

Comparativement à ses collègues, elle avait démontré une maîtrise précoce. La silhouette maintint son équilibre en avançant droit devant elle.

Cette sortie initiatique prouva à Julia, que les prêtresses avaient l'apanage d'une fraction inexplorée du cerveau humain.

Outre leurs facultés psychiques, les Akilébas étaient reliées à la nature.

Julia, grâce à Man Sélène, compléta son petit jardin médicinal, avec des variétés réservées aux rituels. Elle apprit à les réduire en poudre d'encens plus facile à faire brûler.

Ces fumerolles déclenchaient la mémoire olfactive de la jeune femme qui revoyait son aïeule Adeline allongée sur son lit, sans laquelle tout ceci n'aurait pas été possible.

En séminaire intensif, la jeune Zyé Limyè n'était disponible ni pour la famille, ni pour les amis.

Elle essayait de compenser son absence par les

moyens numériques.

Persuadés qu'elle suivait toujours une formation professionnelle, ils furent indulgents. Pas Émilie qui la trouvait distante et connaissant trop bien son amie, sentait que quelque chose se tramait.

Julia dû trouver des arguments convaincants : elle préparait des examens, que son indisponibilité était temporaire...

Ce mensonge permanent empoisonnait son existence.

Elle se confia à Man Sélène qui lui répondit sans équivoque :

— Nous en avons déjà parlé après le Wikériba. Il est plus facile de mentir que de subir les conséquences de la transgression des règles. Il faut continuer à vivre normalement, ce n'est pas tout à fait incompatible. Sur quarante ans, quatre prêtresses et cinq veilleurs ont bravé les interdits. Ils devinrent des pestiférés et perdirent leurs pouvoirs. Pour certains, l'asile fut le dernier refuge. Depuis, de fausses croyances, sur des individus au regard tueur, circulent.

L'Akaéyouri a essayé de les guérir, sans succès. L'être humain en général n'est pas prêt. Ne rien révéler, est notre première protection. C'est un des principes que la Zyé Limyè doit respecter de son propre chef. Ce sont uniquement les femmes prédestinées qui acceptent cette vérité.

Dès la naissance, leur cerveau est programmé. Au départ bien sûr, elles refusent, ensuite un déclic déclenche l'acceptation, comme toi par exemple. Une épreuve permanente qui démontre en plus des autres facultés, son aptitude à être une vraie Akiléba.

C'est donc de ses prêtresses sorties du droit chemin, que vient la légende des femmes maléfiques, en déduisit Julia, qui avait eu vent de cette légende.

Ces détails calmèrent ses ardeurs et rendirent supportable la perspective de sa vie multiple.

2

L'ultime voyage

Au cours du mois de mars

Une Akiléba confirmée devait maîtriser l'Ikériba. La jeune prêtresse opéra des voyages astraux, avec et sans son professeur. Seul le parcours initiatique autorisait les adeptes à multiplier cet acte complexe et risqué.

Elle alternait ses séjours entre son domicile et celui de son initiatrice Zyé Limyè.

Chez elle ce soir-là, dormant à poings fermés, elle observait son double. Jamais un Ikériba ne s'était produit sans son contrôle. Elle tenta d'interrompre cette sortie inopportune, une force l'en empêcha.

Elle fut brusquement projetée dans une calanque nichée en contrebas d'une falaise, aux versants pointus et tranchants, où se fracassaient des vagues furieuses.

Une lune blanche rayonnait sur le site, le rendant aussi visible qu'en plein jour.

Des flambeaux foraient le sol. Des silhouettes encerclant un roc se dessinèrent, la jeune voyageuse était là, en observatrice.

Deux ombres d'allure masculine portaient un large bol qui s'évapora. Un liquide grenat dégoulinait de part et d'autre de la pierre. Le groupe psalmodiait dans une langue inconnue. Un bâton en bois sculpté défiait les lois de l'apesanteur.

Julia fut renvoyée séance tenante d'où elle venait. Elle bondit de sa couche, on était au petit matin. Elle surgit devant le perron de Man Sélène. À son compte rendu la doyenne fut prise d'une fébrilité inhabituelle. Elle s'isola et s'empressa par un Abokitou, d'en informer l'Akaéyouri. Redoutant ce qui allait en ressortir, l'attente fut pour Julia, insupportable.

Par décence, elle n'avait pas cherché à deviner les teneurs de la conversation, elle savait maintenant contrôler ses actes télépathiques. La doyenne impassible s'exprima de vive voix.

— Ta projection astrale a été provoquée par les originels, nos créateurs et grands guides. C'est un honneur. J'attendais d'abord que tu fasses tes premiers apprentissages, avant de t'en dire davantage.

— Réunis dans la souffrance, les sorciers des deux peuples, africain et caribéen, fusionnèrent leurs savoirs magiques. Ils nous ont légué des dons comme on enfouit un trésor.

Julia était avide d'explications, car Man Sélène divulguait l'histoire des Akilébas, au compte-gouttes :

— Existe-t-il un support écrit auquel l'Akaéyouri a pu se référer ?

— Surtout pas de livre ! Je te l'ai déjà signifié. Imagine s'il est découvert ! D'ailleurs, tu n'en as pas eu besoin, notre capacité de mémorisation est formatée pour tout retenir. Cinq rochers comportent des gravures. Une des plus anciennes Akilébas, très puissante, nous les a traduites.

— Tu veux parler du site touristique des roches gravées ?

— Non pas ces pierres-là ! Les nôtres ne sont perceptibles que par un protocole spécial. Il y a une raison de la plus haute importance pour laquelle les originels se sont manifestés et t'ont fait voir un objet réservé qu'à une catégorie de Zyé Limyè. Il va te falloir une bonne dose de sang-froid, tu as un second défi à relever. Tu as vu un sceptre, le Kaléwa. Il n'est apparu que deux fois au cours de toute l'histoire des prêtresses. Il signale la présence d'une élue...Toi ! Nous avons été alertés, sans savoir quelle Zyé Limyè serait désignée. Maintenant que l'on sait, nous aurons le privilège d'organiser un rite sacré, le Watakériba. Celui où tu recevras le Kaléwa. Il ne sera visible qu'à ton appel, lors de l'acte de purification, le Naouraka.

Man Sélène s'était exprimée très lentement en

dévisageant la jeune femme qui passa par tous les stades : l'étonnement, l'inquiétude, la perplexité.

Elle resta coite, pensant avoir atteint le niveau maximal des annonces inconcevables.

La doyenne lui laissa dix minutes de répit puis convia Léon qui patientait à côté. Admiration et excitation furent autant d'expressions qui animèrent les traits de l'Aoyaroni.

Assister à cette cérémonie exceptionnelle était pour lui et ses confrères, une première.

La préparation du trio nécessitait la disponibilité totale de Julia.

Son stage demeura son excuse et l'induit à recruter une intérimaire chargée d'administrer l'entreprise.

Bien que son mental se fût très vite accoutumé à un fonctionnement prédestiné, la jeune élève appréhendait ce qui l'attendait. Des émotions négatives qu'elle croyait avoir refoulées refirent surface. Elle n'avait pas envie d'être une élue.

Sa réticence se caractérisa par une humeur exécrable qui décala le délai de sa mise en condition.

Excédée par son comportement, Man Sélène sortit de ses gonds :

— Tu ne sembles pas réaliser l'honneur qui t'est fait. Nous ne sommes pas prêts, que pensera l'Akaéyouri ?

— Je n'ai rien demandé, le fardeau est devenu trop lourd. Est-ce que je ne peux pas rester une simple...

— Non ! Cela ne marche pas ainsi ! Et puis...le temps presse.

— Qu'est-ce que tu me caches ? Pourquoi me fait-on brûler les étapes ? Je veux des réponses, cria Julia.

Poussant un soupir de lassitude, son initiatrice confessa :

— La venue d'une élue est le signe que le mal se renforce. Ta mission est claire, je crois.

Oh oui, limpide. Les anéantir avec la contribution des autres Akilébas et le sceptre. Rien que ça !

Comprenant malgré tout sa réaction, obligée de justifier le retard engendré dans les préparatifs du grand rituel, la doyenne décida d'organiser une rencontre astrale avec toutes les Zyé Limyè. Elle espérait qu'insuffler à son élève les puissances réunies, permettrait de la doter d'un mental d'acier.

Ce qui fut le cas. Les réticences, les doutes, la déprime de l'élue s'envolèrent. Le succès de la célébration se profilait enfin.

3

L'éminent rituel (Watakériba)

Un mois d'avril

Les Aoyaronis n'effectuaient les voyages astraux que reliés aux prêtresses, ce qui rendait le
procédé plus périlleux qu'il ne l'était déjà. Exigeant
une sortie de l'esprit plus longue qu'à l'ordinaire, il
fallait une préparation psychique rigoureuse
associée à des mixtures végétales protectrices.
Léon, les deux Zyé Limyè, ingérèrent une décoction.
Une transcendante connexion les propulsa sur un
site à pic surplombant une mer agitée.

Avec tous les adeptes, ils formèrent une ronde
autour d'une roche marquée d'un soleil, d'un
croissant de lune et d'un triangle. Leur nombre
démultiplia la puissance énergétique, un fulgurant
tourbillon les aspira. Ils atterrirent dans une crique
tapissée d'un sable fin, entre des rochers que les
vagues cognaient avec un fracas terrifiant.

C'était la réplique de la vision de Julia, lors de son Ikériba forcé.

Un roc trônait au cœur de l'anse. Brusquement apparurent une cinquantaine de formes masculines et féminines.

Des torches en bambou, des tambours, des mains frappant les peaux surgirent du néant.
Les percussions étaient d'une sublimation jamais entendue par la jeune femme. Les apparitions observèrent l'assemblée, puis dirigèrent vers elle des rayons lumineux.

Elle reçut un Abokitou en langue étrangère, pourtant compréhensible.

« *Enfants de cette terre et le peuple de par-delà les mers. Dans la souffrance, avons mêlé nos magies.*

Le futur de Kaloukaéra nous est apparu.
Nos malheurs agiront sur plusieurs générations.
Ouyempos des esclaves et bourreaux, erreront.

Que nos savoirs légués aux femmes et aux hommes qui peuvent les recevoir protègent Kaloukaéra.

Les femmes sont les Akilébas, les hommes, les Aoyaronis.

Ils transmettront leurs dons aux descendants capables de les détenir.

Les Akilébas possèdent la lumière des dieux, l'Akénani.

Par le divin tambour, elles vont attirer, voir, purifier les âmes errantes et les délivrer.

Le rituel de purification est le Naouraka.

Par l'esprit, elles se parleront, l'Abokitou.

Par les herbes, elles guériront, l'Anouracani.

Par la lumière, elles soigneront leurs propres blessures, le Wakénani.

Les Aoyaronis seront les gardiens des Akilébas.

Les Akilébas ne pourront s'unir qu'avec les Aoyaronis.

Par le rituel Iténébo, les Akilébas et les Aoyaronis se renforceront par la transmission de leur Akénani.

Ceux qui ont les dons ne peuvent pas le dire à ceux qui ne les ont pas reçus.

Si les règles sont transgressées, le groupe risquera de perdre à jamais ses pouvoirs.

Si les forces du mal se renforcent, une Akiléba suprême, l'Akilébawa sera désignée. Avec ses sœurs, elle éliminera les Ouyempos tourmentées.

Par cette cérémonie céleste, le Watakériba, l'Akilébawa, recevra le bois sacré, le Kialéwa. Il sera son arme alliée de la lumière divine.

Notre histoire est gravée sur les pierres magiques. On ne peut les voir qu'ici quand l'esprit est détaché.

Nous aimons nos enfants pour l'éternité »

Cinq rochers aux gravures lumineuses transparurent à travers un voile de brume. Un bâton en bois sculpté incandescent jaillit dans la main gauche de Julia, secouée par de violents soubresauts.

Le groupe revint près du roc gravé sur la falaise puis chacun retourna à son point de départ.

Le trio retrouva la demeure de la doyenne. La jeune femme sanglotante tremblait.

Man Sélène la laissa se décharger de ces émotions qu'elle connaissait bien, celle des ancêtres créateurs, ressentie au plus profond de son âme — la douleur, la joie, l'amour.

Durant de longues minutes, l'élue resta silencieuse, puis sortit de son apathie.

— Je n'en sais pas assez sur les Ouyempos. Où sont-elles exactement ? Que peuvent-elles faire aux vivants ? Est-ce que l'ordre connaît la puissance des plus maléfiques ? Est-ce que je vais apprendre à manipuler le Kialéwa ?

— Elles sont partout et doivent être en paix afin de se réincarner dans les meilleures conditions possibles. La terre Kaloukaéra est merveilleuse mais trop chargée de son lourd passé. Certains secteurs le sont plus que d'autres.

On peut y ressentir les vibrations négatives que délivrent les âmes les plus torturées. Grâce à ta présence, nous pourrons contrer plus d'Ouyempos. Au-delà de la simple purification, c'est un combat, le Kialéwa est ton arme. Tu n'as pas à apprendre à le manipuler, l'instinct d'Akilébawa te dirigera. Quand tu as besoin de lui, il apparaît. Il est indispensable que tu t'exerces dans des paysages différents.

Après le carême il y aura un Léwoz[1] à Lasine, on s'y rendra avec Léon. Nos spectateurs incognito seront de la partie.

Les nouvelles responsabilités de la jeune élue n'étaient pas sans la préoccuper. Plus que jamais, elle doutait : serait-elle à la hauteur ? Pouvait-elle perdre la vie lors de ses affrontements ? Pourquoi elle et pas une autre ?

Elle était certaine de ne pas avoir la réponse. Les pierres sacrées et les grands guides ne dévoilaient pas les critères qui élevaient une prêtresse au rang de première Zyé Limyè.

Puis Julia relativisa, elle devrait plutôt remercier l'univers de l'avoir métamorphosée en une entité surnaturelle. Pinailler sur des détails était indigne d'une Akilébawa.

---

[1] Léwoz : rassemblement traditionnel nocturne, de chanteurs, danseurs et musiciens de Gwoka.

4

Le bâton (Kialéwa)

Lasine au mois d'avril, quatrième semaine

Sur le pré d'un ancien moulin, le public attendait avec impatience le début du léwoz. Les artistes réunis sous un chapiteau, effectuaient les derniers réglages.

Les premières paroles d'un chanteur appelèrent les répondeurs à entonner le refrain et les tambours à retentir. Au fil des rythmes, les danseurs à tour de rôle, rivalisaient de figures impulsées par les tambouyés[1]. Jusqu'à atteindre l'échelle du cosmos.

Notre jeune prêtresse sentit la chaleur de la lumière douce et puissante, l'envahir.

Une vive Okawalé lui indiqua « qu'elles étaient là » fidèles au rendez-vous.

---

[1]Tambouyés : Appellation créole des joueurs de tambours ka.

Ikériba, lui ordonna la doyenne.

Les deux esprits Zyé Limyè défièrent les âmes, piégées par les rayons et procédèrent à leur purification. Tandis qu'elles se muaient en globes radiants, une, contrecarra l'action des Akilébas.

Son halo différait des autres, épais, sombre, révélant la puissance du mal qui l'habitait.

Echouer une Naouraka diminuait le pouvoir des percussions. Les Ouyempos repartaient sans avoir trouvé le repos. Le duo fut une fraction de seconde, déstabilisé par l'adversaire. Puis se ressaisit en lui envoyant une forte Akénani.

Julia invoqua le Kialéwa qui apparut sur-le-champ.

Le bâton sacré fendit l'air et plongea, emportant l'élue vers l'âme récalcitrante, qui le resta. D'une luminosité intenable, il s'agrandit et lui assena le coup fatal.

Léon avait ressenti la dangerosité de l'ennemie et fut soulagé de revoir les deux combattantes indemnes.

Le groupe se retira de Lasine et fit le bilan, mentionnant l'Ouyempo qui faillit faire capoter le rite Naouraka.

Julia, en dépit de l'insistance de la doyenne à ce qu'elle séjourna sur place, préféra rejoindre sa demeure, avec l'air de pénétrer en territoire étranger. Ces murs la rattachaient à sa vie antérieure et mettaient aussi en évidence le gouffre qui l'en séparait.

Outre l'immense tâche qui l'attendait, elle devait relever le défi d'être et penser en Akilébawa, sous l'apparence de Julia, gérant un quotidien ordinaire.

Sauf si elle voulait y semer un chaos sans nom, se confier à son entourage était totalement exclu.

Malgré son identité en pleine mutation, elle trouvait primordial de rester au contact de ce vécu sans lequel elle ne serait pas devenue cette femme.

S'il y avait une situation difficile à gérer s'était bel et bien sa relation avec Émilie. Elle s'employa à préserver son amitié, qui montrait des signes de fracture. Attendant d'imaginer un autre simulacre pour légitimer ses disparitions soudaines, la pseudo-formation continua de lui servir d'alibi.

L'épreuve du léwoz laissa son empreinte. Elle entrevoyait à chaque tournant de rue, une sourde menace tapie dans l'ombre.

Les bras de Morphée l'enlaçaient, lorsqu'elle vit ses frayeurs se matérialiser.

Les ténèbres avaient pris possession du pays et des îles sœurs. Haine, violences, addictions en tous genres, accidents de la route en série, catastrophes naturelles, villes fantômes.

Eveillée, tremblante, elle entrevit un effroyable futur dont les prémices s'insinuaient déjà dans l'archipel. Il ne se passait pas un jour sans que meurtres gratuits, braquages et autres forfaits, ne fussent relatés dans les médias.

Tant pis pour ma vie ! Je dois affronter le mal plutôt que voir sombrer Kaloukaéra.

Elle s'empressa d'envoyer un Abokitou vers Man Sélène croyant la surprendre.

« *On a tout vu. Tu as servi de canal. C'est une des nombreuses facultés d'une élue. Le mal est là, il progresse telle une pieuvre déployant ses tentacules. Nous devons les couper. Tu vas assister à une réunion des anciennes, il faut agir et vite.* »

Une assemblée de l'Akaéyouri fut organisée en urgence. Les Akilébas décidèrent qu'une veillée culturelle [1] se déroulerait vers la fin mai.

Plusieurs adeptes du cercle faisaient partie de groupes traditionnels. Une manifestation idéale pour le but visé : rassembler les joueurs de tambours aguerris de Mas et de Ka, une combinaison équivalente à un aimant surpuissant spécial Ouyempos.

---

[1]<u>Veillée culturelle :</u> Manifestation nocturne musicale avec plusieurs groupes traditionnels.

5

La tentation

Un mois de mai

De sa boîte vitrée, le menton posé sur une main, Julia fixait d'un regard blasé le hublot d'un des lave-linge.

Elle réussit à trouver un semblant d'équilibre en suivant scrupuleusement un schéma d'inventions qu'elle avait élaboré et domptait ses capacités. En reprenant son poste à temps partiel, une stratégie supplémentaire, elle gagna en crédibilité.

Il lui en coûtait pourtant de se rendre à ce travail qui à présent l'ennuyait. L'imminence de la veillée la hantait. Ce qu'elle voulut éluder en se focalisant sur l'élaboration d'un projet professionnel. Plus jeune, elle en avait rêvé : distiller ses compétences médicinales par le biais d'une boutique « bien-être ».

La riche pharmacopée végétale caribéenne reconnue, ses dernières connaissances transmises par la doyenne et l'évolution de la législation dans ce domaine lui offraient un vaste champ d'opportunités.

Grâce au potentiel relationnel hors pair d'Émilie, la jeune femme exploita « l'attente » en testant ses produits auprès d'un échantillon de clients. Elle ne pouvait pas avoir meilleure ambassadrice, fidèle consommatrice de ses créations. Une partie du lavomatique prit l'allure d'une herboristerie. Les retours positifs l'encouragèrent à approfondir son plan.

Depuis qu'elle était l'élue des Akilébas, sa connexion avec la nature s'affina.

Lors de ses préparations, en fonction du mal à apaiser, elle ne contrôlait pas ses mains qui passaient en mode automatique, cueillant le mélange approprié.

Bien que ses remèdes donnassent des résultats au-delà de ses espérances, ses usagers signaient une décharge. Elle stipulait qu'ils s'engageaient à conserver leur médecin et que ses potions ne soignaient que les maux bénins. Exit le risque d'un procès pour pratique illégale de la médecine.

Ses proches en revanche furent moins convaincus par son souhait de quitter l'entreprise familiale. Ils la traitèrent d'ingrate envers une tante qui lui avait épargné le pointage au chômage, dont le taux dans la région dépassait les vingt-cinq pour cent. Qu'à cela ne tienne, elle était fermement décidée à tracer ce chemin et cessa d'en parler.

N'était-elle pas devenue experte en cachotteries ?

Toute cette effervescence renfermait aussi ses côtés obscurs.

Elle fit naître chez la jeune femme le goût du danger. Avant et pendant les purifications, elle se sentait invincible, surtout depuis l'apparition du Kialéwa.

Assise sur sa terrasse, se délectant de la brise nocturne, une violente Okawalé la traversa.

Sur le pas-de-porte de la maison d'en face, cinq jeunes se disputaient, visiblement sous l'emprise de substances. Trois Ouyempos empreintes de ce qu'il y avait de plus sinistre, rôdaient. Une formalité, d'agir sur ces adolescents qui n'étaient déjà plus eux-mêmes.

Excepté là où se jouaient des percussions, jamais Julia ne se trouva dans cette position. L'effet de stupeur passé, elle enclencha un Ikériba et se mesura aux indésirables. Ses cordons lumineux ficelèrent le trio infernal, qui réussit à s'en déprendre.

Poussée par la rage de vaincre, l'élue les pourchassa jusqu'à un ancien fort. L'essence démoniaque qui planait, attaqua son Akénani. Elle sut qu'elle ne devait pas se trouver là, sans ses partenaires.

En écoutant son ego surdimensionné, elle enfreignit les règles et risquait l'avenir de l'Akaéyouri tout entier. Mais l'heure n'était plus aux regrets, il fallait sortir de ce piège. Sa lumière devenue trop faible pour lui permettre d'effectuer l'acte de purification, elle appela le sceptre, qui, à sa grande déconvenue, la laissa en plan.

Kaléwa aide-moi, je t'en supplie !

Seconde prière sans retour. Il ne lui restait qu'une cartouche : réintégrer son enveloppe.

Ses tentatives furent vaines. Les Ouyempos bien que freinées par le peu de lueur qui la protégeait, se rapprochaient.

C'est fini ! Prisonnière ici je suis morte là-bas, elles vont me prendre, mon dieu ! Je les sens ! Qu'ai-je fait ? Je...je.

L'esprit de l'élue s'égara dans les enfers de ceux de ses adversaires, où ne régnaient que souffrance, haine, maléfice.

Sur la véranda, Man Sélène assisté de Léon lui secouait l'épaule. Elle accourut, ayant ressenti que sa vie était en jeu.

— Julia reviens...reviens s'il te plaît !

Ses pupilles dilatées et fixes alarmèrent la doyenne.

— Mon dieu Léon, elle ne réagit pas ! Qu'est-il arrivé ? Je suis trop angoissée, je ne la sens pas. Vas-y-toi ! Tu auras plus de chance que moi.

L'Aoyaroni mit ses doigts sur le bras Julia, il perçut un pouls mais rien de cette énergie sacrée. Un fluide, obscur, avait remplacé l'Akénani.

À son regard, Man Sélène mesura la gravité de la situation.

— Qu'est-ce qu'il y a ?

— Mamie, il y a une autre énergie qui la possède. Je suis désolé.

— Oh ! Mon garçon si nous la perdons, c'en est fini de l'ordre ! On doit trouver le moyen de la faire revenir. Reprenons notre sang-froid, il ne faut pas alerter le voisinage. On a de la chance, il est tard, les gens dorment. Essayons de la mettre debout et rentrons.

Soudain, tel un zombi, l'Akilébawa se leva et s'orienta vers la chaussée.

— Elle ne nous voit pas, emmenons là au salon !

L'âme de Julia se débattait vampirisée par des Ouyempos assoiffées d'Akénani, l'absence des sons divins leur laissait le champ libre.

Ils l'allongèrent sur le divan. L'espace d'une seconde, elle revint à elle.

— Man Sélène, tu es là, aide-moi ! Je suis prisonnière dans un fort, elles me retiennent, prennent la lumière, je vais mourir ! Ne me laisse pas ...aaaa aaah !

— On est en train de la perdre ! L'Akénani sans nos percussions est vulnérable. Les âmes vont se l'approprier et se renforcer en la transformant en énergie diabolique.

Brusquement la doyenne cessa de parler, bombardée d'Abokitous. Les membres vivaient la catastrophe.

— Léon, je vais voyager pour une réunion, ils sont tous affolés.

Surveille Julia. J'essaye de faire au plus vite. Elle s'installa sur un fauteuil et partit.

Durant son absence, l'Aoyaroni vérifia en permanence les pulsations de l'élue, elles battaient au ralenti.

L'esprit de la doyenne fut de retour.

— Nous devons appeler les guides tout de suite ! Tu restes ici ! Elle ne peut pas pratiquer d'Ikériba. Nous savons où elle se trouve. Jamais elle n'aurait dû se projeter seule et surtout pas sans le son des tambours. Et le Kialéwa ne se manifeste que si les règles sont respectées. L'heure n'est plus aux lamentations. Si son état empire, nous le ressentirons. Je te la confie Léon. Je reviens.

Les Zyé Limyè investirent la crique de Kouchoumba. Comme si l'univers percevait ce qui se passait, les lieux étaient chargés d'un magnétisme palpable. Puis un éclair fit apparaître les créateurs.

L'Akilébawa n'a pas respecté les règles. Mais par son statut, nous lui donnons l'unique chance de revenir et de reprendre ses pouvoirs. Nous allons la libérer. Repartez en paix.

L'esprit de Julia très affaibli se faisait absorber par les Ouyempos.

De son côté Léon perdait tout espoir, les battements du poignet de sa consœur ralentissaient de plus belle, la vie la quittait.

— Julia, je t'en prie, reste avec nous ! Lutte s'il te plaît ! On va te sauver.

Sombrant dans les limbes, la jeune Zyé Limyè

vit deux sphères lumineuses de la taille d'un ballon surgirent du néant, qui la réexpédièrent hors des abîmes. Réveillée, elle aperçut l'Aoyaroni et la doyenne qui l'observaient, atterrés.

— Léon...Man Sélène...Vous êtes là. J'ai cru... que c'était fini. J'ai vu deux boules blanches...

— Nous avons dû faire appel aux grands guides, répondit Man Sélène sur un ton désabusé doublé d'une pointe d'agacement.

L'élue des prêtresses tenta de lever le buste puis retomba sur les coussins.

— Tu dormiras chez moi, tu ne dois pas rester seule, lui exigea Man Sélène.

— Une fois que tu auras repris des forces, nous discuterons de tout cela. Je te préviens, tu vas devoir t'absenter de chez toi jusqu'à la « soirée ». La priorité est que tu redeviennes une Akilébawa. Indique-moi les effets à prendre. Il fait nuit, tant mieux, on passera inaperçu.

Une heure après, le trio était en route vers la demeure de la doyenne. Un silence à couper au couteau régnait dans le véhicule de Léon. Julia était installée sur la banquette arrière, le visage contre la vitre, penaude, certaine qu'elle aurait à répondre tôt ou tard de son acte irréfléchi.

Le climat pesant des jours qui suivirent, prouva que Man Sélène n'avait pas encore réglé ses comptes avec son élève.

L'Akilébawa fut remise d'aplomb à coup d'intenses séances d'Iténébo et de précieux breuvages. Le spectre de la perte de l'élue et de l'ébranlement de l'ordre se dissipant, le courroux de la doyenne s'abattit sur la fautive.

— Est-ce que tu réalises que ton égoïsme et ton inconscience nous ont mis en danger ? Et toi ! À ce jour, tu ne serais plus de ce monde. J'ai ressenti que quelque de chose de très grave t'arrivait et je suis venue. En te voyant, figée, j'ai compris que tu étais en Ikériba de purification, mais dans des conditions irrégulières.

On ne suit pas les Ouyempos s'il n'y a pas les tambours et on ne les affronte pas sans équipière. Jamais ! Tu m'entends ! Et comme tu as pu le constater, le Kialéwa reste invisible s'il y a transgression.

Tu te prends pour une héroïne de cinéma ?

Bon sang à quoi tu pensais ! Ce n'est pas un jeu ! Tu as la survie de tout un peuple entre tes mains.

Julia baissa la tête et éclata en sanglots.

— Cela suffit ! Une élue ne pleurniche pas surtout après s'être prise pour super prêtresse. Tu as perdu notre confiance, je suis contrainte de surveiller tes faits et gestes jusqu'à la veillée culturelle. Je ne vais pas te lâcher ! Les originels nous ont mis en garde, s'il y a une prochaine fois, ils ne te sauveront pas.

Man Sélène, la rancune tenace, ne lui accorda aucune faveur.

Marchant sur des œufs, l'Akilébawa risqua une

question qui la taraudait.

— Je sais Man Sélène, qu'il sera difficile d'effacer ma faute et je te demande pardon. Mais comment se fait-il que je puisse voir les Ouyempos en dehors du cadre normal. Est-ce déjà arrivé ?

— J'allais t'en parler, car on doit s'adapter. C'est la première fois que cela se produit. Tu as reçu plus de pouvoir que nous toutes. C'est synonyme d'extrême prudence, car ce privilège annonce une recrudescence d'esprits en perdition. Dès que tu te retrouveras dans la situation que tu viens de rencontrer, tu nous consultes. Je saute du coq à l'âne, je ne t'ai jamais entendu parler de petit copain. Tu en as déjà eu ? Rassure-moi !

— Oui, trois et trois fiascos. J'ai décidé de mettre de côté ma vie intime pour une durée indéterminée.

— Il faut parfois prendre du recul, mais il ne doit pas durer ad vitam aeternam. Ta vie de femme est aussi importante que celle de Zyé Limyè. Tu dois transmettre le don ! Aucun de nous ne sait à l'avance, quelle génération révélera une Akiléba ou un gardien. Mettre au monde, c'est rajouter un maillon à la chaîne.

Je suis veuve depuis cinq ans. Ma lignée, n'a pas eu de prêtresse, mais un Aoyaroni, mon petit-fils, il engendrera peut-être une Zyé Limyè. Tu es un peu ma fille spirituelle. Il est vrai que nous avons les restrictions que tu sais. Mais l'univers fait bien les choses, sans que tu le saches encore, un Véyè t'est destiné. Il est vrai que nous avons un souci plus urgent à régler.

Pense à rouvrir ton esprit. On a tous besoin d'un partenaire et les Akilébas ont le devoir d'assurer leur descendance.

Julia qui n'en pensait pas moins, étouffa la repartie qui lui brûlait les lèvres : elle n'avait aucune envie d'une pression supplémentaire, s'en remette à la providence, lui convenait tout autant.

La préparation de la veillée suivait son cours. La doyenne prit la responsabilité de son organisation sous couvert de Kéoulaka. Sa promotion circula dans les médias. Des artistes talentueux furent invités.

Toute cette agitation mit l'Akilébawa sur des charbons ardents, la date fatidique arrivait à grands pas.

Et si les forces indésirables passaient le bouclier sonore et se vengeaient sur le public ? Qu'en adviendrait-il des prêtresses ?

Les visions apocalyptiques ressurgirent. «Vaincre la bête», l'unique diktat qui s'imposait.

Ce n'était pas sa seule crainte. Connaître le motif enveloppant l'évènement l'empêchait d'en informer sa meilleure amie.

Que lui dire, lorsqu'elle s'éclipsera comme une voleuse ?

Un jour, celle-ci débarqua à la laverie et pas pour papoter.

— Figure-toi ! Que j'ai récupéré ce papier sur le comptoir de la boulangerie, lui dit Émilie, la voix pleine de reproches, lui brandissant une affichette.

— Tu comptais m'en parler ? Une veillée culturelle à laquelle tu participes !

— Désolée, j'étais sûre pourtant de l'avoir fait, mentit Julia avec aplomb, s'apprêtant à recevoir l'avalanche inévitable qui suivit.

— Ouai ouai, bien sûr ! Dis-moi, ai-je l'air d'une idiote ? Depuis ton entrée dans ce foutu groupe, tu n'es plus la même. Tu me caches quelque chose. Je te connais trop bien. Il y a un mec là-dessous, je me trompe ?

— Non, il n'y a personne, je t'assure !

— Je découvrirai la vérité ! Je ne pourrais pas venir à la soirée, je l'ai su trop tard. Je pars en vacances de Pâques sur l'île de Madiana. En tout cas, on en reparlera.

Ouf, pardonne-moi, je préfère que tu ne viennes pas, si tu savais ! pensa la jeune prêtresse soulagée. Cette fois, nul besoin d'échafauder une mise en scène.

Émilie, la mine renfrognée, tourna les talons.

Les autres membres quoique courageux se sentaient oppressés, tourmentés. Les plus jeunes, assumaient cette existence occulte avec difficulté. Ramener au sein de l'Akaéyouri, force et sérénité, était fondamental. Il s'échangea toutes les énergies positives par plusieurs rituels Iténébo.

Les esprits des Akilébas et des veilleurs propulsés par celui de l'élue atteignirent une rare communion. Ils avaient hâte d'être au Naouraka du siècle !

6

La cruciale purification (Naouraka)

Dix heures du matin, un vingt-huit mai

Le cinquième mois de l'année était par excellence à Kaloukaéra, celui de la commémoration de l'abolition de l'esclavage. Les hommages étaient rendus sous toutes ses formes et en proposant une veillée, l'Akaéyouri marquait le coup à sa manière.

Les organisateurs investirent un terrain vague, lieu de la manifestation. La région la plus aride de l'île était brûlée par le soleil et balayée par les alizés. On pouvait apercevoir des touffes d'herbes jaunies, donnant l'illusion d'une végétation.

Aussitôt qu'elle sortit du véhicule de Léon, l'Akilébawa frémit, la doyenne n'avait pas choisi ce site au hasard. Il vibrait, car à quelques kilomètres de là, se trouvait le « rocher », la porte cosmique.

L'ensemble de Kéoulaka s'empressait d'installer chapiteaux et équipements divers. En début d'après-midi, le groupe se restaura en dégustant la soupe locale.

Man Sélène et une autre Zyé Limyè régissaient le placement des artistes.

À dix-neuf heures pétantes, un ténor inaugura le léwoz avec un chant Ka.

Un écho quasi surnaturel emporta les sons sur plusieurs bornes.

Pour inciter les danseurs à se lâcher, les musiciens jouèrent le rythme rapide et entraînant, le toumblak[1].

Julia avait une forte envie d'investir la ronde[2], sans possibilité de s'écouter. Cette nuit-là, elle devait se ménager.

Multiples sonorités s'enchaînaient : le pandjenbel, le mendé, le graj[3]... Des hommes, des femmes, démontraient leur savoir-faire, cherchant à établir avec le marqueur[4], ce langage visuel codé typique du Gwoka. Un jeu subtil où il devait anticiper la moindre gestuelle. Les mains claquaient

---

[1]Toumblak : un des sept rythmes du Gwoka
[2]Ronde léwoz : en Gwoka, cercle formé par le public dont le centre est laissé libre pour des danseurs en individuel.
[3]Le pandjenbel, le mendé, le graj : Trois des sept rythmes du Gwoka
[4]Marqueur : musicien du tambour central qui marque la mélodie.

si fort sur les peaux de cabri[1], que leur déchirure semblait inéluctable.

Une femme soulevait de ses pieds nus la terre grise et sèche. Elle exécutait une chorégraphie harmonieuse dictée par le pouvoir vibratoire de la mélodie, jusqu'à atteindre un paroxysme où plus rien d'autre ne comptait.

Une Okawalé fit tressauter Julia. L'espace foisonnait d'âmes en errance.

L'élue, quatre prêtresses et cinq veilleurs s'isolèrent. Quoi de plus anodin, que l'arrière d'un grand utilitaire parmi d'autres, portes closes ?
Au préalable, des fumerolles végétales y furent diffusées.

À l'abri, la petite armée spirituelle, aiguisée par son entraînement, interagit en développant une redoutable Akénani. Ses rayons tels des missiles percutèrent vingt Ouyempos, qui, assaillies de toutes parts, se démenèrent, s'efforçant de défaire les cordes lumineuses, puis capitulèrent.

Sauf cinq d'entre elles qui même clouées par les percussions, résistaient. Leurs ondes maléfiques ébranlèrent nos cinq soldats, la lumière s'altéra.

Le Kialéwa apparut dans la main gauche de sa maîtresse. Ce qui paraissait simple jusque-là, prit l'allure d'une vraie bataille.

---

[1]Cabri : désigne la chèvre aux Antilles et à la Réunion

L'ordre était déterminé à la remporter. Il ne pouvait pas se permettre une infinité de rituels Naouraka.

Les Aoyaronis pressentant la menace redoublèrent de vigilance. Tout à coup, l'Akilébawa eut une vision du fort de sa mésaventure. Elle comprit que l'adversaire voulait les attirer sur son territoire où le dénouement probable serait son triomphe. Alors, elle invoqua le concours de cinq autres équipières.

Réussir la mission, c'était rester sur le site où se trouvait la porte dimensionnelle et continuer à battre la mesure. Par un système de roulement, Man Sélène veilla à ce que les musiciens tiennent la cadence. Ces âmes ne devaient pas s'échapper.

Grâce à leur nombre et au sceptre, nos guerrières astrales érigèrent un bouclier lumineux.

De puissants éclairs d'Akénani percèrent l'essence malfaisante des ennemies qui opposèrent une résistance acharnée. Puis, contre toute attente, une sixième surgit, virulente, satanique, caractérisée par son aura anthracite. L'élue décupla l'agressivité de sa troupe.

«*Ne baissez pas votre garde, on peut les vaincre !* »

Comme si elles l'entendirent, les six Ouyempos dressèrent un mur opaque. Une lutte sans merci s'engagea. Les protections s'affrontaient, tentant de s'anéantir.

Cela devait cesser au plus vite.

Portée par le Kaléwa qui s'agrandit de plusieurs centimètres, la cheftaine, zébra sans relâche le mur démoniaque, qui commença enfin à se désagréger.

Les résistants prirent l'incandescence des purifiés et s'évaporèrent. L'environnement assaini, les esprits divins redevinrent des êtres physiques.

Avant de crier victoire, les Véyè guettaient les moindres faits et gestes des Akilébas. Neuf revinrent vidées mais vivantes. La dixième s'écroula sur le sol du camion. Inquiet le petit groupe patienta quelques secondes, en vain. Ils la secouèrent délicatement.

— Brigitte, réveille-toi s'il te plaît, lui murmura l'élue. Rien n'y fit.

Cédric, un Aoyaroni, prit son pouls.

— Il bat ! Dit-il, soulagé.

Les choses de la vie se produisaient lorsqu'on ne les attendait pas. Les regards de l'élue et du veilleur s'accrochèrent, touchés par la grâce ! Les cœurs s'emballèrent.

— Euh... il faut prévenir Man Sélène de toute urgence, cafouilla Julia, se sentant coupable de s'être laissée distraire, vu la gravité du moment.

La doyenne et deux autres prêtresses étendirent la malade sur un tapis et constatèrent les dégâts.

— Je m'en veux ! Elle est brave, mais, peut-être pas assez préparée. Nous aurions dû renforcer l'équipe. Oh ! Mon dieu, je ne sais plus ! D'un autre côté nous ne sommes pas nombreuses, on doit se préserver. Ce combat a démontré que nous devons perfectionner nos méthodes. On va essayer de la réveiller. Pas vous ! Vous devez vous reposer, ordonna Man Sélène aux combattantes.

Elles touchèrent la peau de Brigitte, qui n'avait toujours pas bougé d'un iota. Le flux n'eut aucun résultat. Elles surent à cet instant que l'inconscience de la jeune prêtresse se muait en un profond coma. Les causes surnaturelles du mal rendaient l'option de l'hospitalisation impensable et inappropriée.

Il ne subsistait qu'une seule clef, un puissant Iténébo sans l'assistance des grands guides, qui ne pouvaient être appelés que dans certaines circonstances. Seulement, après la bataille éprouvante, était-il judicieux de solliciter à nouveau les mêmes prêtresses ?

Sauver Brigitte ! Fut le commandement qui s'imposa aux Zyé Limyè et aux Aoyaronis présents dans le véhicule. Il ne pouvait pas contenir les membres restés à l'extérieur. Plus que jamais, veiller sur leurs semblables sans pouvoir éviter l'épilogue funeste des duels, devint une certitude.

Savante qu'était la doyenne ! Qui dégaina un pot-pourri stimulant et psychotonique que les soigneurs avalèrent aussitôt, ne pouvant se permettre d'attendre plus longtemps.

Le public insouciant jouissait de la soirée, sans se douter qu'il cohabitait en permanence avec un univers invisible où se jouaient des scénarios dont l'enjeu était sa propre survie.

Cédric et Julia, honteux de choisir un tel moment, avaient bien du mal à ne pas se jeter des regards en biais.

L'ingénieuse recette eut l'effet escompté.

Tous furent à pied d'œuvre. S'adaptant à la surface du véhicule, ils s'agglutinèrent genoux au sol et se lièrent à Brigitte. Malgré la super Akénani le transfert fut anormalement long. Dix minutes au lieu d'une habituelle. Lorsqu'ils ressentirent l'énergie revenir peu à peu, la cérémonie s'arrêta.

La prêtresse malade se réveilla enfin, mais ne put se redresser.

— Que s'est-il passé ? Je marchais, j'étais seule, il faisait nuit. J'ai très mal à la tête.

— Après le combat, tu nous as quittés. Heureusement, avec l'Iténébo, on a pu te faire revenir. Tu es très faible et tu as perdu une bonne partie de tes pouvoirs, il faudra du temps pour qu'ils se régénèrent, lui annonça sa tante.

— Je sais. Au moins, je suis en vie, c'est l'essentiel, répondit Brigitte, le sourire aux lèvres.

Son retour parmi les vivants dépassait tous les dons du monde.

Le résultat obtenu remonta le moral des troupes.

Après avoir frôlé trois catastrophes coup sur coup, l'Akaéyouri requis à très court terme, une réorganisation de son fonctionnement. Les Akilébas devaient évoluer parallèlement aux Ouyempos, qui elles, se métamorphosaient en véritables défenseuses du mal.

Contre l'avis de la doyenne, Julia rejoignit son habitation, préférant se mettre en retrait. La tête pleine des images encore très vivaces de son épisode nocturne, tout élue qu'elle était, elle redevint une simple mortelle qui s'effondra.

En fin d'après-midi, retrouvant une relative sérénité, la jeune prêtresse appréciait les derniers rayons du soleil jaune-orangé qui amorçait sa descente.

Bercée par sa chaise à bascule, avide d'évasion, elle osa rêvasser sur des choses plus légères.

Le beau Cédric, qui, rien que d'y songer, lui procurait un plaisir oublié. Des portes fermées depuis longtemps s'entrouvrirent, l'une du cœur et l'autre du pays des fantasmes, baume calmant du feu déclenché par des besoins inassouvis.

Faisant une entorse au règlement strict qu'elle s'était imposé : bannir tout ce qui est susceptible de déclencher ses appétits charnels.

Elle devait le revoir !

Le choix des partenaires s'étant restreint, l'ordre avait sûrement dû mettre au point un système de rencontre. Léon et elle crurent qu'ils deviendraient plus qu'amis, ils ont vite compris que leur rapport ne dépasserait pas ce stade.

En attendant de se renseigner auprès de la

doyenne, elle termina sa journée sur un nuage de douceurs sensuelles.

Le surlendemain, elle tenta la reprise d'un train-train quotidien et dut se rendre à l'évidence. La laverie, elle n'en pouvait plus.

Concrétiser à tout prix son projet où son amour du végétal serait mis en avant devint son leitmotiv. Au moins là, elle partagera un peu de ces arcanes si lourds à porter.

Soudain son visage s'illumina. Pourquoi n'y avait-elle pas pensé plus tôt ?

La justification de ses absences était toute trouvée.

Sa future activité associée aux cours de Man Sélène, son mentor en phytothérapie, feront office de couverture. Cela n'étonnera personne, plusieurs en tiraient les bénéfices. Et quelle délivrance vis-à-vis d'Émilie !

Tout à coup, son fardeau s'allégea.

L'image du Véyè ne la quittant plus, elle questionna la seule qui pouvait lui répondre.

— Man Sélène, je me suis souvenue de notre conversation sur ma vie de femme. Je ne peux sortir qu'avec un Aoyaroni ce n'est pas simple pour les contacts.

Julia brûlait d'envie d'évoquer l'objet de ses désirs. Man Sélène l'encouragea.

— Allez, raconte !

— Eh bien, le jour de la soirée du grand combat, j'ai...bref, Cédric et moi...Enfin nos regards se sont croisés. Je n'arrête pas de penser à lui.

— Tu fais bien de m'en parler, tu es l'élue, si tu lui plais, il n'osera jamais demander ton numéro de téléphone. Il y aura une occasion propice, un dîner dansant. On a besoin de décompresser après ce que tu sais, et qui sera là ? Dit la doyenne, un sourire entendu.

Le rythme cardiaque de la jeune femme s'accéléra.

Impatiente, craintive, elle avait oublié le mode d'emploi. Séduire sans aguicher, converser pas tenir le crachoir, être réservée non timide. Elle farfouilla dans son armoire et tira une robe orange fourreau, dévoilant juste ce qui fallait.

Le jour venu, en fin d'après-midi, à l'intérieur d'un quatre-quatre, elle se dirigea avec Léon et Man Sélène, vers le sud au relief montagneux de Kaloukaéra.

Ils quittèrent la nationale et s'engouffrèrent dans une cambrousse éclairée par la lune, coupée par un chemin parsemé de crevasses. Ils empruntèrent enfin une allée menant vers une immense maison créole d'une blancheur immaculée. Sur sa gauche, on apercevait l'ombre écrasante du volcan encore en activité, bien que sommeillant depuis quatre décennies. Il rendait le domaine majestueux et inquiétant.

Le couple d'un certain âge, propriétaire des lieux, les fit traverser un salon embellit par de jolis meubles typiques en Mahogany[1].

Une spacieuse paillote avec son toit en rameaux de cocotier recevait les invités déjà nombreux. Pour se donner une contenance, la jeune prêtresse se servit un cocktail de jus de fruits. L'alcool, incompatible avec ses dons, lui était interdit.

— Bonsoir, Julia, es-tu remise de tes émotions ? Lui dit une voix chaude et suave qu'elle reconnut entre mille.

— Bonsoir, Cédric. Oui, ça va. Un vif émoi lui fit perdre ses moyens.

C'est que l'homme avait des atouts. Une musculature longue et sèche. Une peau de velours. Une bouche large et pulpeuse. Un élégant ensemble à l'africaine bleu et marron.

Julia qui ne savait pas quelle posture adopter, prétexta un besoin pressant.

Avec Cédric dans les parages, bon nombre de veilleurs célibataires qui la convoitaient n'avaient aucune chance.

Elle tournait en rond, l'esquivant. Un disc-jockey qui animait la soirée, mit un zouk[2] langoureux, appelant les corps à se rapprocher. Il l'invita.

---

[1]Mahogany : nom du bois d'acajou des Antilles
[2]Zouk : genre langoureux de musique antillaise.

Bouillonnante comme un jacuzzi, elle s'abandonna aux bras de son cavalier et à ce mirage : aucune âme à purifier, ni bâton sacré, ni projection astrale...Qu'eux deux, au milieu de nulle part, entremêlés. Le dernier verrou de sa forteresse venait de sauter.

Pourtant, une Okawalé vint court-circuiter son évasion charnelle.

Elle s'excusa auprès de Cédric, se faufila entre les couples se déhanchant sur la piste, prit la direction que son intuition lui indiquait : la galerie.

Appuyée sur le tronc d'un figuier tricentenaire, en dépit du cadre dense de Zyé Limyè, une Ouyempo fortuite la narguait.

Sans les percussions, elle n'était visible que pour l'Akilébawa, qui la toisa à son tour.

Je m'occuperai de toi en temps voulu.

L'esprit s'évanouit. Julia y perçut un avertissement, l'augure d'une guerre qui eut comme première phase, le combat du vingt-huit mai.

L'air désinvolte, elle retrouva son charmant veilleur, ravi de serrer à nouveau sa cavalière, mais saisi d'un mauvais pressentiment.

Sur sa peau, il détecta une essence qu'il exécrait. Alors sa seconde nature de protecteur reprit le dessus.

— Je sais que ce n'est peut-être pas le moment de te poser ce genre de questions, j'ai tout de suite, une drôle d'impression, es-tu rentrée en contact avec des Ouyempos ?

— Oui, une, répondit-elle, stoïque.

— Les on-dit étaient donc fondés ! Tu peux les voir sans les tambours ?

— Oui, c'est une des facultés supplémentaires d'une élue. Nous en reparlerons. Profitons de notre soirée.

Le jeune homme impressionné et inquiet à la fois, arrêta son interrogatoire, ce serait idiot de gâcher la fête.

L'Akilébawa désirait l'Aoyaroni, et pas même la plus démoniaque des Ouyempos ne viendrait escamoter son dessein amoureux.

Pourtant, tout en se lovant contre lui, bercée par la musique doucereuse, Julia l'élue guerrière échafaudait le préambule d'une stratégie digne d'un chef des armées.

FIN

Mentions légales

Ce livre est protégé par les lois en vigueur sur les droits d'auteur et la propriété intellectuelle. Toute représentation ou reproduction intégrale, ou partielle, par quelque procédé que ce soit, (numérique, papier etc...) faite sans le consentement de l'auteur ou de ses ayants droit ou ayants cause, est illicite (alinéa 1er de l'article L. 122-4.), et constituerait donc une contrefaçon sanctionnée par les articles 425 et suivants du Code pénal.

Imprimé par CréateSpace